Les 7 vies
de Mlle Belle Kaplan

Du même auteur

Romans :

Papa et maman sont morts, Point-virgule, 1991 ; réédition Seuil, « Points », 2012.

Autobiographie d'une Courgette, Plon, 2002 ; J'ai lu, 2003 ; Flammarion, « Étonnantissimes », 2013. Prix Générations (mairie du 17e arrondissement de Paris).

Au pays des kangourous, Don Quichotte, 2012 ; J'ai lu, 2014. Prix Cœur de France 2012, prix Roman de la ville d'Aumale 2012, prix des lecteurs de la bibliothèque Goncourt 2012, prix Folire 2012, prix Plume d'or 2013 (Plume libre, catégorie « romanesque »).

L'Été des lucioles, Héloïse d'Ormesson, 2014 ; J'ai lu, 2016. Prix de la ville d'Aumale, 2014, prix Rosine-Perrier, 2015.

Le Vertige des falaises, Plon, 2017 ; J'ai lu, 2018.

Le Bal des cendres, Plon, 2022.

Récit :

Certains cœurs lâchent pour trois fois rien, Flammarion 2021 ; J'ai lu, 2022.

Jeunesse :

Inventer les couleurs, Gallimard jeunesse, « Giboulées », 2019.

Un baiser qui palpite là, comme une petite bête, Gallimard, 2021. Prix de la Ville aux Livres-Creil 2021.

Nouvelles :

La lumière est à moi, Gallimard, « Haute Enfance », 2018 ; J'ai lu, 2021.

Contributions à des ouvrages collectifs :

« Indolore », dans Jessica L. Nelson, Patrick Besson, Serge Joncour (dir.), *24 histoires du Mans*, Belfond, 2017.

« Infidèles », dans *Un couple, une ville*, Charleston poche, 2019.

Dans *L'enfance, c'est…*, textes illustrés par Jack Koch, Le Livre de poche, 2020.

« Transgression de l'enfance », dans Muriel Flis-Trèves et René Frydman (dir.), *Transgression : scandale ou nécessité ?*, PUF, 2021.

« L'espace d'un instant », dans Gérard de Cortanze (dir.), *Le Goût de la nage*, Mercure de France, 2023.

Gilles Paris

Les 7 vies de Mlle Belle Kaplan

PLON

www.plon.fr

92, avenue de France
75013 Paris
www.plon.fr – www.lisez.com

Mise en pages : PCA
Dépôt légal : septembre 2023
ISBN : 978-2-259-31696-5

À Laurent Clerget, sans qui écrire
n'aurait pas la même saveur ;
À Nathalie Rheims, pour son amitié indéfectible ;
À Janine Boissard, ma mère de cœur.

1

Je suis une femme libre qui décide seule de ses choix

*Mon nom, Belle Kaplan, a été inventé par un producteur de films, qui l'a laissé surgir entre les volutes de son cigare. Je me tenais face à lui, après avoir obtenu le rôle de la duchesse de Polignac, fidèle amie de Marie-Antoinette, avec laquelle elle entretenait des relations ambiguës. Rares sont ceux, à part ce nabab rondelet, à se vanter de connaître mon ancienne identité, du moins l'une d'entre elles. Et je ne tiens pas à ce qu'elles émergent de ce passé sulfureux. À l'issue du tournage d'*États généraux*, qui m'a imposée dans ce milieu dont j'ignorais tout à l'époque, j'ai détruit le contrat original qui révélait ma distinction. J'ai escorté ce mentor jusqu'à ses bureaux, dans ce quartier haussmannien aussi désert qu'un dimanche de novembre. Je l'ai laissé m'embrasser. Sa bouche sentait la cendre et l'alcool fort. Son œil frisé contemplait mon corps sous l'étoffe relevée, alors que ses mains s'en emparaient.*

Un mal pour un bien. C'est ce que j'ai pensé tandis qu'en moi tout n'était que simulation. J'ai interrompu nos ébats pour un verre. J'y ai versé un puissant hypnotique qui l'a renversé sur ce divan défraîchi où plus d'une comédienne avait dû se sacrifier. J'ai retrouvé mon engagement dans son ordinateur et je l'ai supprimé. Non sans difficultés : je n'entends rien à l'informatique. Avant d'abandonner cette agence aux lambris désuets, j'ai enfoncé mon talon aiguille dans son ventre replet, assez pour qu'il garde la marque de l'infamie. Je savais qu'il n'oublierait rien, à l'exception de mon patronyme. Mon agent, Basile Delorme, a toujours refusé, à ma demande, les scénarios qu'il me proposait. Je ne l'ai jamais revu. Il est mort d'une cirrhose l'an dernier.

Je n'ai pas de portable. Parfois, je profite d'un jetable que me procure mon assistante, Alice de Banville, et dont je me défais au plus vite. Je hais tout autant les réseaux sociaux. Je suis une femme libre qui décide seule de ses choix. Mon agent est un paravent, comme Alice. Tous deux sont avertis qu'ils ne doivent rien révéler à mon sujet. De toute façon, ils ignorent tout de moi. Je prends garde, à chacune de nos conversations, d'éviter tout épanchement. J'avais une vie différente avant d'être considérée comme la *meilleure actrice française. J'ai enterré ce passé à l'exception de Ben, mon frère, que je recherche depuis des années. Personne ne doit soupçonner son existence. J'ai engagé un détective privé, grâce à l'un de mes gardes du corps, et payé son silence au prix fort. Julian Leclerc est un homme intègre – je sais les repérer. Je ne suis pas arrivée là où je suis sans prendre de risques mais j'ai toujours su faire taire les maîtres chanteurs ou les indiscrets. Je suis prête à tout pour préserver mes secrets. Tout ce qui compte aujourd'hui, c'est Ben, que je n'ai pas revu depuis le nom de Belle Kaplan. Il n'est pas vraiment mon frère, mais je ne fais pas la différence. Les dernières traces que j'ai de lui remontent en Floride, quand il était marié à Igor et qu'ils élevaient ensemble leurs trois enfants birmans adoptés. J'ai ressenti du bonheur pour lui. Mais il a quitté son cicérone, et s'est enfui. Ben ne sait que déconstruire. Il n'a pas cherché à me joindre. Comment aurait-il pu ? Je suis devenue aussi imprenable qu'une citadelle. Je dois le protéger après ce qu'il a enduré par ma faute. C'est la seule chose que je sais faire. En dehors de jouer la comédie.*

2

J'ai toujours su dompter les hommes

C'est à mon passé que je dois cette rencontre avec le producteur Chaïm Haddad. À Devon Moore exactement, un magnat du *timeshare* de San Francisco, qui l'a convaincu de produire *États généraux*. Par la suite, ce milliardaire a financé d'autres productions qui ont creusé la dette du cinéma français. Mais à l'époque où le film est sorti sur les écrans, son nom s'étalait grassement dans toute la presse. Il organisait régulièrement des soirées et invitait tout ce que le cinéma charrie dans son sillage, comme le lit boueux d'un fleuve débordant. Chaïm dépensait des fortunes pour l'apparition de quelques vedettes certifiées et un nombre incommensurable de profiteurs que seul le septième art sait produire. J'étais alors une parfaite inconnue dans un casting qui n'aurait pas fait lever la tête à un cinéphile. Une erreur au casting. Le jour de la sortie, Chaïm Haddad s'est réfugié dans une salle de cinéma archipleine dès 10 heures, dans le quartier des Halles. Ce qui est de bon augure, selon les professionnels. Et quand il s'est avéré que le film tournait au triomphe, les médias ont commencé à s'intéresser à cette *femme sublime* surgie du néant, dont ils ignoraient tout. J'avais refusé d'écrire un seul mot pour le dossier de presse, je tenais à ce que le mystère soit total. Je n'éprouvais nulle envie de m'asseoir dans la suite d'un palace pour voir défiler face à moi des journalistes ayant pour seul but de satisfaire leurs lecteurs. Je laisse à ces écrivains éphémères et leurs lectrices de moins de cinquante ans se priver d'un passé que je me suis évertuée à faire disparaître. Je savais que j'aurais tout d'une diva sans le moindre égard pour les médias, dont je me passe à merveille. À vrai dire, je m'en fiche royalement. Si peu d'artistes sont réticents aux confidences, je m'enorgueillis de faire partie de ceux qui résistent. Je n'ai jamais été capricieuse, mais je serai toujours exigeante. Je n'ai que faire d'être aimée ou non. J'ai très vite imposé mes règles à Basile et à Alice : j'accepte de me rendre à une avant-première à condition que nul ne m'importune. Je suis prête à saluer la foule ou l'équipe d'un film, mais c'est ma seule concession. Pas de dîner, à la limite un déjeuner avec un décideur, producteur ou réalisateur, et, pour les soirées caritatives, je n'accepte que celles destinées à lever des fonds ou améliorer les lois en faveur des prostituées, ce qui surprend ma petite équipe, que je me garde bien d'éclairer.

Chaïm Haddad ne vaut pas qu'on s'y attarde davantage, il était un moyen pour parvenir à mes fins. J'ai fait de lui ce que bon me semblait – j'ai toujours su dompter les hommes. Enfin, si j'omets Pierre Lepage, mon géant. La voix, l'attitude, et le regard sont nécessaires pour cela. Aucun homme ne m'a vraiment résisté, et ceux qui ont tenté le regrettent amèrement aujourd'hui. Je n'ai ni remords ni regrets. Peut-être est-ce plus facile quand on vient de nulle part ? Comprendre la nature humaine est la clé pour se hisser au sommet. N'y voyez aucune prétention : je suis capable de convaincre mon plus farouche opposant. On change de vie comme on change de partenaire, aussi facilement, à condition d'en avoir les moyens. J'ai déjà eu six vies et cela me suffit. J'ai peu d'attaches, voire aucune. Ce sont sans doute des années d'observation et de privations qui m'ont menée à cette attitude. Je n'ai jamais eu besoin d'un mentor ou d'un gourou. Si étrange que cela puisse paraître, on s'en passe volontiers. L'essentiel est de rester aux aguets, car rien n'est jamais acquis ici-bas. Et une seule erreur de jugement peut vous réexpédier des années en arrière. Quoi que vous fassiez, il y a toujours un prix à payer. Jusqu'à maintenant, j'ai su éviter les pièges tendus par la comédie terrestre. Je suis faillible, évidemment, mais je m'efforce de me débarrasser du superflu. J'ai toujours su prendre les bonnes décisions dans les instants de solitude. Loin du chaos du monde.

3

Mon âme n'est plus à guérir

Je me trouvais au parc des Buttes-Chaumont quand j'ai été prise de panique, une attaque aussi intense que jadis au manoir d'Outremont, à la mort de Madeleine, mon entremetteuse. Je redoute plus que tout ces moments où je ne maîtrise plus rien. J'aurais dû consulter un psychanalyste, mais je savais par avance ce que j'allais entendre, ou plutôt ce à quoi je me serais soustraite. Mon âme n'est plus à guérir, elle ressemble sans doute au portrait de Dorian Gray que seul le vernis qui le recouvre rend encore présentable. Je venais d'être reconnue par un inconnu qui s'était assis à mes côtés sur un banc et disait m'avoir vendu des vêtements à Montréal. Je l'ai aussitôt détrompé, d'une voix glaciale, précisant même que je n'étais jamais allée au Canada. Il s'est excusé avant de quitter son siège et de se fondre dans la foule anonyme. Tout mon corps s'est aussitôt raidi, incapable du moindre mouvement.

Des feuilles d'automne virevoltaient autour des chênes. J'assistais telle une statue à ce ballet qui me rappelait les magnifiques saisons au Québec. Si je suis absente des réseaux sociaux et refuse d'être interviewée, c'est pour ne pas être reconnue dans la rue, comme cela venait de se produire. Je redoute ces succès qui ne me laisseront jamais en paix. Je dois m'habituer aux imprévus sans pour autant me fendre comme du bois sec. Je suis paralysée sur cette assise, transie de froid, accablée par la peur d'être découverte. Je sais bien qu'on ne gouverne pas tout dans une vie, même si je me persuade du contraire. J'en voudrais presque à sœur Clarence et à Madeleine de m'avoir fait porter l'armure en toute circonstance. Je me sens si démunie, exposée aux vents mauvais qui me font tant douter. De ma capacité à agir, à rester moi-même, sans avoir à me justifier.

Mon bras se désengourdit, j'arrive à remuer les doigts sous mon gant que je retire. J'enfonce mes ongles dans ma peau jusqu'au sang. Il n'est pas question de fendre l'armure. Peu à peu, la panique reflue, je la sens abandonner mon corps qui retrouve une certaine chaleur, malgré la fraîcheur d'octobre. La célébrité n'étant en rien préméditée, j'imaginais vivre dans un anonymat réconfortant. Aucun journaliste ne m'a connue à Montréal, je ne risque rien de ce côté-là. Je ne devrais pas me mettre dans un tel état pour un vieil homme inoffensif. Je m'en voudrais presque d'être aussi sensible quand tout m'a préparée à ne pas l'être. Je me garde bien de le montrer.

Ma vie est faite de retenues excessives, de rendez-vous manqués, à commencer par celui de ma naissance. On apprend de ses erreurs, évidemment. Mais chaque étape semble si difficile à franchir, surtout quand on s'est promis depuis la prime enfance de ne jamais faiblir. La vie paraît si dure quand on est privée de famille à peine sortie d'un ventre dont on ignore tout. Ne reste que la colère sourde qui s'atténue avec les années.

Tandis que je me lève lentement de ce banc, réajustant mon foulard et mes lunettes noires, il ne reste rien ou presque de ce moment d'égarement. Je dois me reprendre. Mes nombreuses métamorphoses à Montréal empêcheraient qui que ce soit de me reconnaître. Ce vendeur de fringues était une exception, renvoyée à la pénombre. Je n'irai plus jamais dans ce parc. La vie m'a appris à être seule. J'aime ce confort, sachant à quel point la nature humaine peut être décevante. Et tout ce que j'ai pu vivre à ce jour ne l'a jamais démenti.

4

Dire non est un luxe après tout ce que j'ai vécu

Je laisse Alice de Banville, mon assistante, me faire part des appels reçus à heure fixe, même si je suis sur un tournage. Autant regrouper ces frivolités auxquelles j'aime me soustraire la plupart du temps. Dire non est un luxe après tout ce que j'ai vécu, et je ne m'en prive pas. Un acteur audacieux qui souhaite me parler face à face. Un journaliste insistant qui pense à la couverture de son magazine, suivie d'un portrait de Belle Kaplan sur plusieurs pages. Une association de défense des animaux qui me sollicite pour son prochain spot télévisé. Invariablement je dis non, surtout s'il s'agit d'une demande d'interview. Je crains les journalistes. Sur chacun de mes contrats, je fais écrire en gras que je ne participerai qu'à une seule émission pour la promotion de mon film. En général le journal de 20 heures de TF1 ou France 2. J'interdis toute question, et si l'on m'en pose une, je me tais assez longtemps pour affoler le réalisateur en régie. Je refuse les contacts avec la presse écrite. Alors ces tabloïds se vengent, écrivent n'importe quoi, car aucun d'entre eux ne sait quoi que ce soit sur moi. Je n'ai pas d'addiction connue ni d'amant, on ignore tout de mon enfance ou de mon adolescence, je semble sans famille, et ça rend dingue cette presse-là. Je laisse faire, ne poursuis aucun journal : ils se ridiculisent eux-mêmes. Je ne suis pas mariée, n'ai aucune descendance, je semble aussi froide que la glace. *Fatale*, un féminin à gros tirage, a même suggéré que j'avais dû emprunter mon cœur dans une morgue. Pourtant, à les lire, on ne voit que moi à l'écran. Ils s'accordent tous sur ce point. La lumière me *pare* comme un coucher de soleil. Mes partenaires masculins, des plus inconnus aux plus célèbres, sont *tous* tombés amoureux de moi. Ils disent que sur un plateau je suis à la fois une mère attentive et soucieuse, une amante passionnée et charnelle, une amie idéale et généreuse. Ce que je ne suis pas dans la vie. Je n'ai rien d'incarné dans le réel, en dehors de ma beauté qu'on dit *sidérante.* Tous ces superlatifs ont le don de m'agacer. Mon regard s'accroche au hasard de mes interlocuteurs, sonde leur cœur comme un sonar, loin sous la surface. Impossible de le soutenir. Mon calme en toute situation étonne. C'est incroyable ce qu'on peut écrire sur moi sans même m'avoir croisée.

Quand Alice me lit les messages laissés à mon attention, elle voit bien que cela m'ennuie. D'un geste de la main je lui fais signe d'accélérer. Le mot « non » sort de ma bouche comme une balle qui ne rebondit pas. Si je suis intéressée, Alice le remarque à mon sourcil gauche qui se lève légèrement. Elle est heureuse, comme si elle dirigeait la marque célèbre dont j'accepterais de devenir l'égérie. Cette assistante a tout d'une oie blanche. Ensuite c'est Basile Delorme qui négocie l'accord – je ne parle jamais d'argent. Par ailleurs, je n'apprécie pas qu'Alice se tienne trop près de moi. Ni qu'elle s'asseye à mes côtés. Cela me rappelle trop la rue Gilford à Montréal, où les vendeuses s'affairaient près de moi, à la demande du géant, quand je me nommais Paradis. Alice a dû croire naïvement que nous pourrions devenir amies. Mais je n'en ai aucune. Je suppose qu'elle rêve de découvrir en moi une faille qui me rendrait humaine. Et ce ne sont pas les cadeaux que je lui fais à son anniversaire ou à Noël qui vont changer sa perception de moi. Même si les vêtements de grands couturiers qu'elle porte ou l'un de ces sacs luxueux sur son avant-bras semblent la combler. J'achète sa discrétion et la tiens à distance. J'imagine qu'elle se délecterait de vendre un de mes secrets au plus offrant. Pourtant, je l'aime bien, mais un peu comme un animal de compagnie dont on caresse distraitement la tête. Ce que faisait Madeleine au manoir, avec ses douze chiens. Ma vie m'a appris à ne faire confiance à personne.

5

Je sais qu'en fermant les yeux, il m'est facile de retrouver mon voleur

J'ai connu Régis Durand sur le tournage d'*Incendiée*, mon deuxième film. C'est un machiniste qui conçoit les décors au cinéma. Je lui ai interdit de parler de notre liaison à qui que soit. Au début, il n'a pas compris que je m'intéresse à lui. On imagine toujours les stars se courtiser entre elles, voire avec des milliardaires ou des intellectuels tourmentés. C'est mal appréhender l'âme humaine. Comment lui dire qu'il ressemble à Pierre Lepage, mon amour de jeunesse ? Cet homme qui a bouleversé ma vie et fait de moi une femme célèbre et seule. Cet amant qui m'a révélée à moi-même, me propulsant vers une vie dont je n'aurais jamais rêvé, moi l'orpheline sans origines. Régis habite un petit appartement dans le 20e arrondissement, rue Lesage, qu'il n'a pas vraiment aménagé. Ses meubles auraient bien besoin d'être changés, des dizaines de cartons trônent au milieu du salon, semblables à une sculpture avachie. C'est un type ordinaire, qui aime enchaîner les bières. Je n'ai rien contre les gens humbles, je les trouve même rassurants. Ils n'attendent rien, se glissent dans leur vie comme on le fait dans son lit. Mais on ne peut pas compter sur eux pour s'élever. Je l'ai appris à mes dépens. Régis n'a rien d'exceptionnel en dehors du sport qu'il pratique avec assiduité dans une salle, la seule chose dont il soit fier. Son corps est noueux et musclé. Sa barbe négligée. Je sais qu'en fermant les yeux, il m'est facile de retrouver mon voleur, cet apprenti sorcier qui au début de notre rencontre m'a transformée en chapardeuse. Régis a bafouillé quelques idioties jusqu'à ce que je me dirige vers sa chambre et que je m'asseye au bord du lit. J'imitais Audrey Hepburn dans *Vacances romaines*. Je ne peux pas empêcher ce mimétisme. J'ai vu des centaines de films, qui ont tous inspiré mes attitudes, mes poses, ma façon de jouer. J'ai eu tant de vies que je sais à qui emprunter en évitant toute ressemblance. Sur le tournage, j'ai gratifié Régis d'un sourire et lui ai demandé à l'oreille son numéro de téléphone. Une fois sur son lit, je lui ai demandé de retirer ses vêtements et de s'allonger, ce qu'il a fait sans poser de questions. Je me suis dévêtue lentement, gardant juste mes gants – pas question que l'on puisse deviner mon âge, ne serait-ce qu'un instant. Je sais mon anatomie sans le moindre défaut, des années de privations, de sport, et un peu de chirurgie esthétique m'ont aidée à y parvenir. Ma peau, elle, est toujours légèrement hâlée par le soleil des îles où je me réfugie régulièrement. J'ai chevauché mon amant, me penchant vers lui pour mieux l'embrasser. Ma masse de cheveux bruns a balayé son oreiller. J'ai aimé ses tremblements, tout comme sa maladresse. Ils m'ont rappelé mon passé, quand Madeleine me désignait mes premières proies. Je viens chez Régis deux fois par semaine. Il achète des sushis, il sait que j'en raffole. C'est bien la seule confidence à laquelle je me suis laissée aller. Dès notre première nuit, j'ai été très claire : pas de photos, pas d'allusions sur les réseaux sociaux, hors de question de parler de nous à qui que soit. Même contre une somme d'argent importante. Si nécessaire, j'y pourvoirais, ce qui l'a fait sourire. Il est évident que Régis ne connaît rien à la vie. Mais il m'a juré tout ce que je souhaitais entendre et il s'y est tenu. Il a déballé les derniers cartons, acheté de nouveaux meubles, a transformé cet appartement en un lieu accueillant, sans que je ne lui ai rien demandé.

6

Il reste toujours en nous quelque chose de l'enfance et de l'adolescence

Je déteste devoir penser à tout, mais c'est la seule solution pour vivre en paix. Quand je quitte Régis, je porte un foulard et des lunettes noires. Pas question qu'un chauffeur de taxi me reconnaisse, ou qu'un de ses voisins m'aperçoive entre l'ascenseur et le hall de l'immeuble. J'ai appris à me rendre invisible au fil des ans. Autrefois, j'étais rousse. Ma chevelure paraissait incendiée, identifiable entre toutes. Ben y enfouissait ses doigts, il disait alors qu'il « jouait au feu ». J'ai connu ce frère d'infortune avant que ma vie ne commence. Je ne sais rien de mes parents, ni lui des siens. Une âme secourable nous a déposés à l'orphelinat Sainte-Croix des Enfants de Montréal. Nous sommes nés la même année, nous aurions pu être jumeaux. Nos mères ont préféré se débarrasser de nous pour des raisons inconnues. Trop pauvres pour nous élever, sans doute. La discipline, en ce lieu religieux, s'est révélée des plus strictes. Je me serais probablement pendue si la main de Ben ne s'était pas glissée dans la mienne, puis dans mon casque roux. J'avais tout d'une fillette renfrognée, désobéissante, je ne songeais qu'à m'enfuir. Ben était tout le contraire. Il m'a réconcilié avec la vie, à un âge où un rien me mettait hors de moi. Je récitais mes prières matin et soir en insultant ce Dieu qui m'avait faite illégitime. Je haïssais ces sœurs et leurs scapulaires par-dessus la bure, leur hideuse manière de se cacher derrière la guimpe blanche qui cerne leur visage, leurs faces lisses, privées d'émotions. Pourtant, je m'en inspire souvent. Il reste toujours en nous quelque chose de l'enfance et de l'adolescence, même si je m'en défends. Je sais qu'elles construisent l'adulte que nous devenons.

Je me suis rebellée dès ma naissance. Je ne voulais rien savoir de la génitrice qui m'avait abandonnée à l'orphelinat Sainte-Croix. Je me fichais bien que ces femmes-troncs m'instruisent. Même si je leur dois bien plus d'identités qu'elles n'en ont eues dans leur vie si tranquille. Pour elles, une conversion religieuse, pour moi une échappatoire. Le seul prénom que j'ignore est celui de ma naissance, si tant est qu'on m'en ait donné un. À l'orphelinat, la mère supérieure m'a nommée Grâce, à cause d'un rayon de soleil qui éclairait le panier abandonné sous l'auvent. Plus tard, lorsque nous avons été adoptés, Ben et moi, je répondais au nom de Paradis. Ben était solaire. Il a cessé de parler quand le père Matuchet s'est mis à le frapper. Je n'ai plus jamais entendu le son de sa voix. Ce vieux soûlard est mort depuis, enterré avec son épouse dans une fosse commune. Ils ne sont pleurés que par la pluie. J'ai dû apprendre la langue des signes pour pouvoir communiquer avec Ben, et, des années plus tard, Igor, son mari, en a fait autant. Mais, à l'orphelinat, il se montrait plus lumineux que le fils de Dieu. Sa joie attirait les sœurs comme le sucre les guêpes. Sa bonne humeur permanente faisait de lui l'ami idéal que tous les enfants de chœur de cette institution recherchaient. C'est pour cela que Ben m'est indispensable, parce qu'il m'a changée à jamais. Parce que j'ai compris grâce à lui que le bonheur était envisageable. J'ai su en tirer toutes les conséquences dans ma propre vie. Tout ce que je suis, je le dois à Ben. Et à Pierre Lepage, bien sûr. J'aurais dû devenir une mauvaise fille, une de plus, dont le destin tourne mal. C'est Ben qui a suivi ce chemin-là. Lui, le fruit de Dieu, à qui l'avenir souriait et qui, après avoir trébuché, ne s'est jamais vraiment relevé.

7

Les mains révèlent toujours ce que l'on s'acharne à taire

À l'orphelinat Sainte-Croix, sœur Clarence s'est attachée à moi. Je n'ai jamais su pourquoi. Elle essayait souvent de me faire croire en un monde meilleur où j'aurais ma place. Elle déjouait chacune de mes colères par une charité constante. Je finissais par me calmer, tremblante, une fois la rage évacuée. La main posée sur mon épaule, elle m'apprenait à mieux respirer. Sans sœur Clarence, j'aurais sûrement été renvoyée. Je lui dois aujourd'hui de rester sereine en toute situation, même les plus improbables, comme le jour où un fan m'a menacée d'une arme au moment où je rejoignais la limousine qui m'attendait à l'issue de l'avant-première d'*Au loin les sirènes*, mon troisième film. Mon garde du corps n'a rien vu venir, tout s'est déroulé en une fraction de seconde. J'ai tendu la main en un geste réflexe. Ma tête, elle, aurait pu imploser, sans que quiconque le remarque. J'ai arboré un large sourire et dit :

— Donne-moi ton arme, tu ne veux blesser personne, n'est-ce pas ?

Et cet abruti me l'a tendue. Cinq agents de sécurité lui sont tombés dessus, l'emmenant au loin. J'ai tendu le pistolet à un policier, et je suis montée dans la voiture sans me retourner. J'ai repris ma respiration, comme sœur Clarence me l'avait enseigné, afin de contrôler les battements de mon cœur et le tremblement de mes doigts, dissimulés sous des gants. Les mains révèlent toujours ce que l'on s'acharne à taire, il faut s'en protéger. Je ne donne jamais mon âge, qui n'a rien à voir avec celui que les médias claironnent à mon encontre. À la suite de cet incident, j'ai refusé de témoigner et de parler à la presse. Je suis passée pour une héroïne, c'est ce que Basile et Alice m'ont dit. Je ne lis pas les journaux. Je ne regarde pas la télévision. Je n'aime pas ce qu'on y raconte.

Sœur Clarence ne s'est jamais départie de son sang-froid. Même quand je l'insultais. Elle me fixait de ses yeux azuréens, dont la couleur se répandait en moi avec mansuétude, me rappelant la plage du Cap-Saint-Jacques, au bord du lac des deux Montagnes, où nous allions nous baigner, encadrés par d'autres sœurs aux visages semblables. S'il y a de la douceur en moi, je la dois à Clarence, mais je prends garde de ne pas la montrer. C'est un souvenir, non une faiblesse. Régis en profite, comme d'autres avant lui. Je sais que je ne peux rien éprouver, qu'il me faudra le quitter et trouver un nouveau partenaire. Mais cela prend du temps d'étudier ceux que je convoite, et je ne peux me permettre la moindre erreur. Pas après tout ce que j'ai vécu.

Chaïm Haddad a été ma planche de salut. Ma vie de jadis n'est en rien glorieuse, et je crains un possible chantage. Je suis stupéfaite que personne ne m'ait percée à jour depuis toutes ces années. C'est vrai que j'ai grandi à Montréal et que tous l'ignorent ici. J'ai décliné récemment une proposition de Basile, un projet qui me plaisait particulièrement, *Revers de fortune*, mais dont le tournage devait avoir lieu au Québec. Je ne peux pas retourner là-bas, un mandat d'arrêt m'y attend, je serais retenue sitôt la douane franchie. Trop de gens m'ont connue quand j'arpentais les trottoirs, dérobant aux passants montres, bijoux et portefeuilles.

Les hommes sont si stupides, ils ne méritent pas qu'on s'y attache. On peut se jouer d'eux, comme je le fais avec Régis. Mais viendra le moment où je n'en aurai plus envie. Je ferai alors germer une idée dans sa tête, et elle grandira jusqu'à notre séparation, qui se passera avec grâce, sans le moindre désir de vengeance. Pierre Lepage était probablement l'exception à la règle. On perd parfois au jeu.

8

Indéchiffrable aux yeux d'autrui

Il m'arrive parfois de penser à sœur Clarence, à la douceur de son visage cerné par la guimpe dissimulant sa tête que je n'ai jamais vue découverte. Et même si, enfant, j'ai tenté plus d'une fois d'arracher sa coiffe, je n'y suis jamais parvenue. Sa main ferme m'en a toujours empêchée. Sa peau douce au toucher est sans doute ce qui m'a encouragée à goûter plus tard celles d'autres femmes moins farouches. Je les ai toujours choisies coriaces en apparence et tendres en profondeur, à l'image de cette religieuse qui était la seule à oser me résister au sein de cet orphelinat. Je la savais mandatée par la mère supérieure qui m'évitait, ou disait prier pour moi. J'étais le malin, le fourchu, un diable roux, aux yeux de mère Catherine. Je me fichais bien qu'elle prie pour mes péchés, elle n'aurait pas assez de sa seule vie pour en obtenir l'absolution. Sœur Clarence s'évertuait à me montrer une autre facette du monde, où l'amour de son prochain prenait toute la place. Elle, la fille du volcan, s'était enfuie du piton de la fournaise dont l'éruption avait fait d'elle une orpheline, la conduisant au seuil d'un couvent, promettant pauvreté et chasteté à un Dieu sourd à toutes ses demandes. Que pouvait-elle connaître de l'amour du prochain et de ses méandres ? Pourtant, il émanait d'elle une infinie douceur que nulle colère ne venait ébranler. Seuls ses yeux s'assombrissaient quand elle donnait un ordre, ses lèvres se pinçant légèrement, réduisant sa bouche à un simple trait. Aucun maquillage n'ornait son visage ébène, tout apparat lui étant interdit depuis son entrée à l'orphelinat. Elle m'enseigna l'écriture, la lecture, l'histoire et la géographie. Je lui dois tout cela et bien plus encore. Je peux dire que sœur Clarence a forgé mon caractère, m'apprenant à me dissimuler sous mes habits dépareillés de l'époque. Il n'était pas question de montrer ses émotions ou ses sentiments. Ainsi je resterais maître de ma vie et indéchiffrable aux yeux d'autrui. Armée d'une grâce qui attirerait tous ceux qui oseraient m'approcher, ne m'empêchant pas de les repousser à ma guise. Il fallait avant tout se méfier de la nature humaine. Peu de gens sont désintéressés, dépouillés du mal, généreux et aimants. Il me revenait de faire la part des êtres sans jamais me dévoiler, sinon je courrais à ma perte. Comme sœur Clarence me savait rebelle, elle n'a pas essayé de me dompter, loin de là. Elle m'a encouragée à l'être davantage pour m'affranchir des lois. Elle m'a appris à rester calme en toute circonstance pour ne laisser aucun avantage à un éventuel adversaire.

Sœur Clarence était l'incarnation de ce qu'elle m'a enseigné. Je ne dis pas que j'ai suivi ses conseils comme les Évangiles qu'on nous obligeait à lire au cours des trois offices du jour. Mais je l'ai fait suffisamment pour mieux cerner les gens avant de m'en accommoder. La vie à l'extérieur d'un couvent est bien plus réelle. Et si sœur Clarence a franchi les portes de l'orphelinat une seule fois, afin de se rendre à Chambly où nous étions placés, Ben et moi, elle n'a rien vu du mal qui nous rongeait et est repartie satisfaite des leçons qui avaient visiblement porté. La vie ne l'a pas épargnée, sœur Clarence a été emportée par une rupture d'anévrisme. Son Dieu de pacotille ne l'a pas rendue immortelle.

9

Chacune de mes apparitions crée l'émeute

Dès notre premier entretien, j'ai demandé à mon agent qu'il renonce à ses autres clients. Je ne suis pas le genre d'actrice qu'on partage, je ne tiens pas à croiser de jeunes lolitas ou des acteurs brevetés qui m'obligeraient à attendre. Je sais que Basile m'estime froide et distante ; il n'est pas le seul. J'ai surpris une de ses conversations au téléphone. Son opinion me convient, je désapprouverais qu'on me trouve chaleureuse, je laisse cela aux indécises. J'impose toujours mes règles : aucune scène nue, par exemple. En peu de temps, je suis devenue l'égérie de Dior. Pour le reliquat, j'estime que la publicité suffit. Les recettes d'un flacon ou d'un sac s'envolent dès la première diffusion d'un spot. Je n'accepte pas tout ce que me propose Basile, loin de là. Je relis les contrats attentivement, exige qu'on y ajoute des alinéas, ne laissant rien passer. Je sais mon jugement sûr, autant sur le montant de mes cachets que sur les formules que je supprime des contrats pour imposer ma loi. Jadis, mes amants juristes, avocats, et comptables ont aiguisé ma curiosité et nourri mes connaissances.

Ma présence provoque des bousculades, un admirateur un peu simple d'esprit s'est immolé par le feu lors d'une avant-première, pourtant sécurisée à l'excès. Mes fans ont créé une centaine de faux profils sur les réseaux sociaux, m'inventant mille vies que je n'ai jamais vécues. Je n'en ai consulté aucun, les miennes me suffisent. Je ne comprends pas cette addiction à l'exposition narcissique d'une existence soi-disant parfaite. Les journalistes se font tour à tour mielleux ou menaçants à l'égard de Basile ou d'Alice, quand ils comprennent qu'ils n'obtiendront rien de moi, pas d'interview *de visu*, et encore moins par téléphone ou par mail, alors que je me passe volontiers d'un ordinateur au fonctionnement duquel je n'entends rien malgré les leçons de mon assistante, qui m'ont au moins permis de détruire l'original du contrat d'*États généraux*.

Le milieu, en ce qui me concerne, nourrit des sentiments contrastés. À vrai dire, je m'en fiche. Chaque réalisateur ou comédien ayant tourné avec moi est dithyrambique : je serais *la* plus grande actrice française. Je me suis imposée en un seul film. Jusqu'à quand ? Un de ces jours, n'importe quel producteur influent, acteur au sommet de sa gloire ou journaliste redouté souhaitera déboulonner la statue qu'il a lui-même érigée. Pour tous les autres, je reste un concept abstrait et glacial. Sur les tournages, je suis amicale, j'ai toujours un mot pour l'équipe, j'entre dans chacun de mes rôles à la perfection. Je suis le personnage. La femme battue dans *Au loin les sirènes* a eu un tel retentissement qu'une loi a été votée par l'Assemblée nationale pour augmenter la peine maximale d'emprisonnement pour les maris violents. Un numéro d'appel spécial a même été affiché plusieurs mois en haut de l'écran des télévisions durant les journaux télévisés. Le rôle d'Aurore dans *Incendiée*, où j'interprétais une amoureuse séquestrée qui tuait son amant dans un accès de démence, a provoqué des faits divers sans précédent : des maisons ont même été brûlées en France pour protester contre la captivité injustifiée de l'héroïne.

Chacune de mes apparitions crée l'émeute. Un paysagiste a même fleuri toute une rue que je devais emprunter, y répandant des milliers de pétales de rose. Mais pas un seul artiste, encore moins un membre de la profession, ne peut prétendre me connaître. Je ne fréquente pas du tout le milieu. Je suis réfractaire même à l'idée d'avoir un confesseur. C'est probablement le prix à payer pour une carrière exemplaire. J'ai déjoué tous les pièges des questions de Basile, si anodines soient-elles. Il a cessé de m'en poser depuis longtemps. Mais je le vois bien, comme n'importe quel fan que je tiens à l'écart : il aimerait sûrement en savoir davantage.

10

Le ruban qui révèle la page

Je suppose qu'on me trouve énigmatique. J'aime surtout contrôler ma vie. Comment pourrait-il en être autrement après mes cinq identités d'avant ? La règle d'or est d'ignorer l'avis d'autrui, quel qu'il soit. Trop s'attarder sur ce que l'on pense de vous est un frein à toute action. On peut se passer des réseaux sociaux, mais ne pas avoir de téléphone portable est une hérésie de nos jours. Ce poudrier à chiffres vous lie aux autres au même titre qu'une bombe à retardement. On y stocke ses photographies et ses contacts, ses mots de passe, ses conversations les plus intimes, ses vidéos, que sais-je encore… Tout cela pourrait tomber entre de mauvaises mains, aussi je préfère les téléphones jetables que me procure Alice de Banville. Je les garde rarement plus d'une semaine. Et je n'y conserve rien. J'apprends chaque numéro par cœur et efface l'historique de mes appels avant de le rendre à mon assistante. Je ne tiens pas à ce qu'on découvre ce que je m'échine à cacher depuis si longtemps. Je me fiche qu'on m'imagine aimant les hommes, les guenons ou les femmes. Si j'ai été tentée par ces dernières, guerrières farouches, fortunées solitaires, si j'ai savouré la douceur de nos étreintes, je n'en ai jamais fait des confidentes. Les hommes, eux, ne s'intéressent qu'à leur nombril, mais j'aime leurs maladresses qui m'attendrissent – ce que je ne leur montre jamais –, leur peau duveteuse, leurs mains carrées, leurs bouches fiévreuses, ce je-ne-sais-quoi qui m'attire. Seul Pierre Lepage aurait pu être le signet qui révèle la page, mais il m'a laissée partir. Je n'ai cessé de fuir tous ces clients que Madeleine m'avait choisis. Ces hommes de peu à qui je n'ai rien dit, mais fait tout ce qu'ils attendaient de moi. Une experte de l'amour qui n'éprouvait aucun sentiment. Du sexe pur, où seul le corps est prêté. Une sentinelle froide, souriant à peine, exerçant mes charmes et mon savoir appris de Madeleine, puis des hommes, mille fois prévisibles. Peu de gens encore vivants connaissent mon enfance et mon adolescence. Je suppose que certains fans se demandent si j'ai eu des frères et sœurs, qui étaient mes parents, s'ils sont encore en vie. Je suis apparue comme un songe, dans un film historique à l'époque de la Révolution française. *États généraux* a rapporté près d'un demi-milliard d'euros et a lancé Belle

Kaplan, déjà fidèle à elle-même, désavouant toute entrevue. Une légende est née en un seul film. Les rédactions se sont enflammées sur la mystérieuse actrice surgie de nulle part qui crevait littéralement l'écran. Il n'en fallait pas davantage pour que je fasse la une des magazines féminins, brodant la vérité, me prêtant une vie qu'il fallait bien inventer puisque la mienne se résumait en quelques mots dans le dossier de presse. Quand on ne sait rien, on affabule. J'ai toujours espacé la sortie de mes films par la suite, et pas seulement pour créer l'attente, comme les médias l'ont souvent souligné. J'ai toujours eu besoin de disparaître entre les bras d'un Régis ou d'une guerrière, veillant à ce que personne n'en sache rien. En me taisant, j'ai créé ce mystère grandissant que certains tabloïds vengeurs n'ont pas supporté. Puisque je refusais de jouer leur jeu, ils ont écrit que je devais être lesbienne, frigide ou transgenre pour me soustraire ainsi aux bienséances de la vie civile. Ils ont tenté de me salir, mais mes fans ont pénétré dans leurs locaux, la nuit, volant leurs ordinateurs, les obligeant à cesser de me calomnier. Je n'ai jamais réagi à ce que publiaient ces magazines, préférant faire un don anonyme aux associations trans et LGBT. Quant à la frigidité, c'est mal me connaître.

11

Ces amateurs m'ont mieux cernée que les journalistes

Les fans et les maîtres chanteurs se fréquentent comme une famille, avec ses conflits inévitables, en l'occurrence la déception des fans pour des raisons qui ne me regardent en rien. Je les fuis, sans m'y intéresser. Lors d'une avant-première, ils s'agglutinent derrière les barrières de sécurité, prêts à tout pour un selfie, ou simplement me toucher le bras ou l'épaule. Je les regarde comme si j'étais sur une scène de théâtre, éblouie par les projecteurs. Je ne les distingue pas, ils forment une masse confuse de visages souriants, de corps comparables aux arbres d'une forêt. Je les salue d'une main, évite tout contact physique. Alice, Basile et la police veillent à ce qu'aucun d'entre eux ne franchisse ces fragiles protections. Je les entends scander mon prénom choisi par Chaïm Haddad en évocation de ma plastique, et me demande si

Pierre le prononcerait aujourd'hui, lui qui préférerait sûrement Paradis ou Talia que je n'ai pas entendus depuis longtemps. Je reçois des paniers de produits du terroir, des bouquets de fleurs par centaines, des boîtes de chocolats, que j'offre à Alice la plupart du temps, ou à Basile. Je ne garde rien de ces offrandes qui me semblent païennes. Parfois, je reçois des lettres d'insultes : je serais une ancienne fille de chez Madame Claude, une habituée des *lap dances* ou une pute parvenue à ses fins. Certes, même si je n'ai jamais aimé l'expression, je peux dire que ces amateurs m'ont mieux cernée que les journalistes. Je m'en suis plainte auprès de Basile, lui demandant de ne plus rien me montrer sauf s'il jugeait cela particulièrement menaçant. Comme le fou au revolver. Ou ce pauvre hère, arrêté par la suite, qui s'était enfui d'un hôpital psychiatrique et avait eu accès à mes déplacements sans que quiconque puisse l'expliquer. Il a été stoppé dans son élan, avant d'arriver jusqu'à moi, heureusement.

Quand on est célèbre, la sécurité est une plaie. J'ai refusé les gardes du corps qu'un ministre énamouré voulait m'imposer jour et nuit. Je sais me défendre. Et je déteste les armes à feu. Les fans sont respectueux la plupart du temps. Tant pis pour les selfies. À voir les entrées de mes trois films, je me dis qu'aucun d'entre eux ne m'en a tenu rigueur. Quant aux maîtres chanteurs, leurs méthodes sont archaïques. Découper des lettres de l'alphabet dans les journaux et les coller sur une page blanche prend du temps, et requiert un cerveau dérangé. Ce qu'ils écrivent jusqu'à présent est suffisamment flou pour ne pas m'inquiéter. Je les trouve encore plus mauvais que la presse, c'est dire. Il faut l'accepter lorsque l'on est aussi exposée et que l'on gagne très bien sa vie. Et se souvenir qu'eu égard à mon passé, la facture n'est finalement pas si élevée. Le manque d'imagination de ces foules compactes me rassure, personne n'a jamais mené d'enquête suffisamment fouillée pour découvrir mes origines et les jeter en pâture à la une de journaux à scandale. J'avoue même avoir un doute quant à la curiosité des tabloïds à mon égard. J'ai dû naître sous une bonne étoile pour échapper jusque-là aux fantômes du passé, que personne n'a fait surgir de l'obscurité à la lumière de sa torche.

12

Je suis Maria, rêvant de danser avec les gitans

Je ne tiens pas à supporter l'entourage de Régis, c'est le prix qu'il doit payer pour vivre notre brève histoire. Il ne m'emmènera pas plus à la Barbade qu'au bistro du coin. Notre aventure a assez duré, il est temps de partir dans les îles. J'ai choisi Régis pour sa ressemblance troublante avec Pierre ; le reste, famille, amis, états d'âme, ne m'intéresse nullement. Je lui ai demandé de ranger leurs photographies quand je viens chez lui. Je déteste ce que ces ersatz de vie sur papier glacé me renvoient dans n'importe quelle maison de passage. C'est comme entrer par effraction dans la vie des autres, celle de gens qui se passent volontiers de votre présence. Régis doit m'aimer, il s'exécute à chacune de mes visites, débarrassant son appartement de ses cadres, un trait dans la poussière rappelant l'existence d'une vie fantôme. À vrai dire, j'aurais aimé qu'il me résiste, s'abstienne de céder à mes caprices, mais il n'en fait rien. Sa tête de toutou docile, dodelinant quand j'apparais, me donne envie de le gifler. Je l'aurais fait s'il ne m'évoquait pas tant Pierre, dont je garde le souvenir brûlant de sa façon de m'aimer, si délicate et fébrile, ce géant qui s'approchait de moi tandis que je m'étirais, féline, pour mieux l'étreindre. Si enfant, puis adolescente, je n'ai pas toujours été facile, mais en colère contre tous, Pierre a su trouver les mots, puis les caresses pour me rendre plus douce à ma majorité. Il était le seul à détenir la clé, perdue à jamais au fil de toutes ces années passées sans lui. Cela m'évoque *La Comtesse aux pieds nus*, ce film qui montrait une Ava Gardner au sommet de sa gloire, une Maria Vargas sans amour et malheureuse. Je suis Maria, rêvant de danser avec les gitans, prête à tout pour aimer et l'être en retour. Mais j'ignore si Pierre est resté à Montréal. Son téléphone dont je connaissais le numéro par cœur est aux abonnés absents. Je ne peux plus retourner au Québec. Il a épousé Louise, la bonne de Madeleine, je n'ai pas été invitée à la noce. Pense-t-il encore à moi quand il regarde sa montre, ou un collier sur le cou gracile d'une femme d'Outremont comme ceux qu'il m'a appris à subtiliser autrefois ? Me reconnaîtrait-il si nous nous heurtions au coin d'une rue ? J'en doute. Il s'excuserait en poursuivant son chemin d'un pas chancelant, sans se rappeler l'odeur de mon parfum ni la texture de ma peau. Moi, même plongée dans l'obscurité, je l'identifierais à son odeur, je le reconnaîtrais à ses mains douces que je porterais à mon visage, m'autorisant à trembler de tout mon être, puisqu'il n'en saurait rien. Je goûterais ses lèvres légèrement humides pour entrouvrir sa bouche d'un baiser ardent. Je ne l'ai jamais oublié. Il vit en moi tapi dans l'ombre de mon cœur, indélébile comme un tatouage de marin, enfermé et présent, pareil à ce film, *Un jour sans fin*, où Bill Murray revit la même journée à chacun de ses réveils. Celle où il m'a aimée à deux reprises, dans son petit appartement de Montréal, le lit collé au mur, mes seins écrasés contre la seule fenêtre de sa chambre, le ventilateur en panne, nos corps humides et jamais rassasiés. La culpabilité freinant parfois ses ardeurs, le sentiment que rien d'autre n'existait si ce n'était ce lit, et l'amour de Pierre qui allait tout changer.

Je n'ai rien d'une diva, mais ma présence intimide réellement. Je m'y suis habituée avec le temps. Je sais que des milliers d'hommes envieraient Régis de dîner face à Belle Kaplan, mais je n'y pense pas. Un soir où mon amant se brossait les dents, je suis apparue derrière son épaule. J'avais le visage impassible de la duchesse de Polignac contre le sien, qui nous observait dans la glace. L'image d'un bonheur fugace, dans laquelle je n'ai vu que Pierre dans le reflet du miroir.

13

Je suis déjà venue sur cette île

J'ai demandé à Alice de me trouver un hôtel discret dans une des îles des Cyclades que j'ai visitées autrefois. Rien de trop luxueux, je risquerais d'y croiser des connaissances, ou des gens informés qui pourraient me reconnaître aussitôt. Assommant. Je ne supporterais pas d'écrire mon nom au creux des paumes, sur leurs poignets, ou le programme de leurs excursions. Un petit avion parti du Bourget m'a déposé directement au milieu d'un champ d'acanthes épineuses, aux feuilles arquées, sans le moindre parfum. Seule l'odeur de la brise venue de la mer Égée se rappelle à moi tandis que je descends à pied un charmant chemin de chaux blanche, suivie par un âne qui porte mon sac, conduit par un vieux Grec aux pieds nus et griffés. L'hôtel surplombe la mer, au bout d'une jetée. J'en ai loué toutes les chambres, une dizaine, de quoi assurer ma tranquillité. La mienne donne sur le bleu de l'Égée, je peux m'y faire livrer mes repas du soir, que je déguste sur une petite terrasse. Au déjeuner, je préfère la tranquillité de la piscine, sous un parasol, où je déguste d'excellents spaghetti au homard accompagnés d'un verre de rosé. Je me baigne plusieurs fois par jour, je suis une assez bonne nageuse. Avoir été *escort-girl* me l'a souvent permis, quand je m'éloignais après le repos du guerrier. Même si aucun homme à son réveil ne conçoit de vous savoir ailleurs que près de lui. Je nage le crawl, m'éloigne un peu plus à chaque sortie. Je n'ai guère envie de m'aventurer dans le village de cette île minuscule, par crainte d'être reconnue. C'est près d'un rocher, en rejoignant mon hôtel à la nage, que je tombe par hasard sur Helena, une de mes guerrières du passé, dont le visage trempé s'illumine en me reconnaissant. Elle porte un bonnet bleu vissé sur le front, le violet de son regard faisant descendre le crépuscule sur ce bain improvisé. Et tandis que nous battons des pieds afin de maintenir nos têtes hors de l'eau, Helena m'embrasse sur la joue, puis m'ordonne de la suivre. Sa maison, dissimulée par une armée d'oliviers et une végétation aussi mauve que son regard, abrite de nombreux oiseaux migrateurs. C'est dans sa chambre que nous nous réfugions, sous le drap, tandis qu'une immense moustiquaire recouvre chaque côté du lit à baldaquin. Il n'est pas nécessaire que nous évoquions nos vies pour nous en souvenir. Je suis déjà venue sur cette île, il y a longtemps, à la demande de Madeleine. J'espérais en secret y retrouver Helena, un de mes plus anciens contrats. Elle a été ma première conquête, mais non la dernière. Je me suis laissé faire, sans rien dire, ses gestes étaient aussi précis qu'hier. C'est agréable, ce silence et ces longues caresses. Je me sens en confiance puisque je n'abandonne que mon corps. En dira-t-il autant que mes mots ? Je ne pense pas. Il exprime la douceur infinie des plaisirs entre femmes auxquels je me soumets sans résistance. Je pourrais rester deux jours de plus sans quitter ce lit, sans bavardages inutiles. Un hochement de la tête ne suffit-il pas à dire oui ou non ? Jeux de langues déliées s'enroulant comme le fil dans le chas de l'aiguille, froissements de jambes brunies par le soleil, nos mains à la découverte de nos corps. J'en oublie Pierre, Régis, et tous ceux qui m'oppressent. Ici, en Grèce, je suis venue chercher l'absence.

14

Il m'arrive d'étirer mes bras, chargés de montres et de bracelets

Une fois par mois, je demande à Julian Leclerc, le détective privé, de me rejoindre au fond du *Café de la Mairie*, place Saint-Sulpice. Il n'a aucun numéro de téléphone pour me joindre en cas d'urgence. Je lui ai interdit même de contacter mon bureau ou mon agent. Cela fait plus de cinq ans que j'attends, je ne suis pas à un mois près. La prudence m'oblige souvent à porter des lunettes noires, même par temps de pluie ou à l'intérieur, sans jamais ôter le foulard qui dissimule une partie de mon visage. Je ne suis pas certaine que mon apparence n'attire pas tous les regards, mais, ainsi dissimulée, on ne voit pas Belle Kaplan. Je fais glisser discrètement vers lui une enveloppe tirée de mon sac à main. On se parle si près l'un de l'autre qu'un voisin pourrait nous croire amants. Mais, dans ce café, à cette heure matinale, il n'y a nul client pour nous épier. En dehors de cet enquêteur qui scrute avec tact mes yeux gris en amande que *Fatale* qualifie d'« hypnotiques ». Il m'arrive d'étirer mes bras, chargés de montres et de bracelets, langoureusement, à la manière de Rita Hayworth dans *Gilda*. Je le fais depuis l'adolescence de Paradis, quand les seuls vêtements que je portais étaient des bijoux. Je suis aimable, distante, ma voix est rauque quand elle répond aux questions. Si je n'avais pas besoin de lui, je ne m'intéresserais pas à ce bon père de famille au ventre fier qui dit regarder mes films en boucle avec sa femme et son fils. Julian rentre d'un long voyage en Floride et à New York, à la recherche de Ben. « Un drôle de zouave », selon lui, marié à un professeur d'océanographie de la faculté de Miami, dont le campus est situé dans le quartier de Coral Gables, bordé de banians, des arbres aux racines aussi emmêlées que l'histoire de mon frère. Igor Turner est propriétaire d'une maison coloniale, située près de Venetian Pool, une piscine célèbre pour son décor vénitien, où leurs trois enfants adoptés s'éclaboussent après les cours. Igor les élève seul depuis que Ben a quitté leur domicile. Le fruit d'une enquête minutieuse qui a duré plus d'un an. La police a même un temps suspecté Igor de l'avoir tué, puis enterré quelque part entre Coral Gables et le désert des Mojaves.

Mais une carte de crédit appartenant à Ben a été providentiellement utilisée à New York, avant de se dissoudre dans l'Hudson. Une lettre du fuyard a suivi, disculpant Igor Turner et l'implorant de lui pardonner sa conduite.

C'est dans les gènes de Ben de tout déconstruire et de recommencer sa vie ailleurs. Il espérait juste que leurs chérubins, Honey, Su, et Cong, ne lui en tiendraient pas rigueur, qu'ils fleuriraient dans le souvenir d'un père aimant et instable. Il vient de se remarier avec une Madrilène aux origines moldaves, déjà mère d'une petite fille qu'il compte élever, à moins que le large ne l'appelle encore. Un graphologue a étudié la lettre à la virgule près : nul doute, elle avait bien été écrite par Ben Turner, quel que soit le nom qu'il ait emprunté depuis. L'affaire s'est trouvée en partie classée, aucun décès ne nécessitant de poursuivre l'enquête à New York, en dehors d'une demande d'emprisonnement d'un an et d'une amende de cinquante mille dollars pour polygamie. Igor a confirmé à Julian sur sa terrasse, ombragée par deux impressionnantes sculptures de James Colomina, aussi rouges qu'une paire de homards géants, que Ben lui écrivait irrégulièrement des lettres, qu'il lui a confiées ainsi que des photographies récentes de l'expéditeur. Julian doit se rendre à New York où, espère-t-il, l'affranchissement du courrier le conduira auprès d'habitants pouvant identifier Ben.

Je ne peux blâmer Ben, qu'une vie instable a mené à de tels excès. J'en suis en partie responsable. J'ai choisi des rives plus silencieuses, que le succès a parsemées de fleurs sauvages que je n'ai nullement cherché à cueillir. La nature tout comme la beauté s'observent. Nul n'en est propriétaire. Ben ne sait que défaire. Sa vie est un chaos incessant où j'ai joué le plus mauvais rôle. Qu'il me pardonne s'il croit encore en Dieu. Même si je sais que nous lui avons tourné le dos, lui et moi, depuis notre enfance.

15

Je ne sais même pas exactement ce qu'aimer veut dire

Je tresse des nattes à Ben, prenant soin de ne pas trop tirer sur ses cheveux blonds, pareils à des épis de blé dans un champ que je n'ai vu qu'en image, dans un des livres de sœur Clarence. Ben n'est pas pour, il ne veut pas me ressembler, et me supplie d'arrêter. Quelques enfants m'observent emmêler les fils dorés, sans dire un mot. Ils craignent mes colères, tout comme mon frère d'armes. Ben finit par se dégager de mon emprise en me traitant de « barge », tandis que les petits peureux lèvent leurs sourcils, dessinant un o *avec leur bouche.*

— Je ne suis pas ta poupée ! crie-t-il. Combien de fois dois-je te le répéter ?

Ben tape du pied. Il est en rogne. Cela lui fait monter le rose aux joues qu'on dirait maquillées à l'abricot. Je le regarde, défiant sa petite bouille en colère, pas question de fondre face à ce frangin endiablé. Je me dois d'être résistante.

— Tu es ma poupée, mon ours, mon guerrier, tu m'appartiens.

J'ai dit cela d'une traite sans trop savoir ce qu'était un guerrier, sinon que j'aime leurs habits en fer. Les petits se sont enfuis, c'est trop pour eux, ça sent le pugilat, la bagarre, les injures qu'ils ne veulent pas entendre. D'ailleurs ils sont partis en se bouchant les oreilles avec leurs mains sales. Ce n'est pas le jour de l'inspection de mère Catherine, rien ne nous oblige à faire notre toilette qu'on dit de chat, un animal qui, comme moi, n'en fait qu'à sa tête. Je sais que Ben n'a pas apprécié que je lui dise « Tu m'appartiens ». Je ne l'ai pas fait exprès. C'est sorti tout seul sans que je puisse ravaler mes paroles. Personne n'appartient à personne. Nos mères nous ont abandonnés là, dans cet orphelinat religieux, trop contentes de se débarrasser de leur fardeau, après neuf mois d'attente pour nous expulser de leur ventre. Je l'ai lu dans un manuel de sciences naturelles que j'ai emprunté à sœur Clarence. Je ne comprends pas qu'elles aient regardé leur bidon gonfler sans le crever aussitôt. Pourquoi nous ont-elles donné la vie sans attendre qu'on s'habitue un peu à leur sourire, qu'on puisse s'en souvenir plus tard sans être obligés de leur créer un visage avec des crayons de couleur pour le déchirer ensuite rageusement ? Ben s'est calmé. Il pleure même, assis sur une marche. Sa face est noire parce qu'il essuie ses larmes avec ses mains crottées. Il doit penser à sa mère, comme moi à la mienne. Des chiennes, voilà ce qu'étaient nos génitrices. Des bêtes galeuses et méchantes qui mordaient toutes les mains qui osaient s'approcher d'elles.

— Tu es surtout mon petit frère, je dis tout bas.

Ben se tourne vers moi. La pièce est si silencieuse qu'il a tout entendu.

— Tu crois qu'un jour on nous aimera, Grâce ?

Je n'en sais rien. Je ne sais même pas exactement ce qu'aimer veut dire. Je suppose que cela n'a rien à voir avec le chocolat ou les biscuits au gingembre que nous distribuent les sœurs au goûter. Cela relève certainement d'un sentiment dont nous ont privés nos mères. J'aimerais dire quelque chose de rassurant à Ben, mais ça sonnerait faux. En fait, je n'en ai pas la moindre idée. Peut-être le saurons-nous en grandissant ? J'ai lu dans un roman que j'ai volé dans la bibliothèque interdite qu'on pouvait tomber amoureuse. Mon instinct me dit qu'aimer va avec, un sentiment auquel aucun orphelin n'a droit. Et quand ça arrive, ça finit mal, comme dans ce livre où l'amoureuse meurt d'une tuberculose sans avoir osé avouer son sentiment. J'ai trouvé cette histoire archinulle. Si un jour je tombe amoureuse, je le dirai avant de le savoir. Je n'ai pas envie de mourir de la tuberculose, ni de mourir tout court.

16

J'en appelle à toutes les actrices dont je me suis inspirée pour être Belle Kaplan

Une journaliste de *Fatale* a informé mon agent qu'un chauffeur de taxi m'aurait reconnue quittant la rue Lesage au matin. Le journal est prêt à offrir une somme indécente au conducteur s'il leur confie tout ce qu'il sait. Il le fera sans doute, je ne peux le lui reprocher. J'ai fait pire adolescente, quand je vivais dans les rues avec Ben. Je dois prévenir Régis, car il est certain que le journal ne s'arrêtera pas sur le seuil de l'immeuble. Je choisis de m'y rendre en personne, malgré les protestations de Basile qui redoute que les lieux ne soient surveillés. Il est trop tôt pour que *Fatale* se soit organisé à ce point. J'emprunte le portable de Basile pour prévenir Régis de ma venue. À peine descendue du taxi qui m'a conduite sur place, je sonne à son interphone. Il m'ouvre en caleçon, une tache sombre maculant son tee-shirt blanc. Je ne vois qu'elle. Il me jure qu'il éconduira toute journaliste sonnant à l'interphone.

— Jamais je ne t'ai vue en vrai.

C'est la seule réponse que la fouineuse obtiendra des habitants de l'immeuble. Je me détends un peu, m'assieds sur le canapé à deux places et lui tend cinq cents euros qu'il refuse, offusqué.

— Je ne suis personne mais je suis honnête. Garde ton argent pour tes œuvres de bienfaisance.

Je ravale un sourire. Je ne suis pas seulement venue pour un chauffeur de taxi trop bavard, mais aussi pour rompre avec Régis. Je reconnais que le moment est mal choisi, qu'il pourrait être à la fois « personne » et malhonnête, mais je l'ai longuement étudié durant l'année écoulée. Régis est incapable de changer radicalement, il est bien trop doux pour cela, trop indécis. La vengeance requiert une colère froide, un tempérament jaloux et maladif, ce dont il est totalement dépourvu. Mon machiniste est incapable de faire du mal à une mouche, encore moins de s'en faire, même pour une femme comme moi. Je choisis habilement mes mots, tandis qu'il se décompose face à moi, sans réagir, comme si je lui annonçais la mort tragique d'un proche parent. Il ne dit rien, n'essaie pas de me convaincre de rester. Il ponctue toutes mes phrases d'un « Bien sûr », « Oui, je comprends », « Évidemment ». Pas un seul « mais ? » ne sort de sa bouche, je ne détecte pas la moindre montée d'adrénaline. Cet amant-là est comme un poisson tiré hors de l'eau qui frétille en manquant d'oxygène. La tache sur son tee-shirt s'est étalée en dessinant un cœur. Je lui promets de revenir un soir. À voir son œil surpris, je sais qu'il n'y croit pas plus que moi. Je lui dis que je ne l'oublierai jamais, que je n'ai aucun autre homme dans ma vie. J'essaie d'être convaincante, j'en appelle à toutes les actrices dont je me suis inspirée pour être Belle Kaplan. Je reste froide, évitant tout émoi qui pourrait provoquer en lui une réaction en chaîne. Je pense curieusement à Helena qui m'a donné ce courage-là sans le savoir. Je le laisse s'asseoir sur une chaise face à moi, le regard perdu, les épaules voûtées. Il ne dit plus rien. J'en profite pour me lever, prendre son visage entre mes mains, esquisser un sourire, tout en l'effaçant de ma vie. Régis me raccompagne jusqu'à la porte. En descendant les escaliers, je ne l'entends pas la claquer. Juste un « Au revoir, Belle » qui rebondit d'un étage à l'autre, tandis que je presse le pas. J'ai toujours su quitter mes amants à temps, avant que leurs sentiments ne les submergent.

Cette fois, j'ai l'impression de quitter Pierre, d'abandonner son beau visage qui me manque tant. J'essuie non sans colère une larme sous mes lunettes noires. Cachée dans le vestibule de l'immeuble, je maudis ce taxi qui tarde à venir. Je déteste les ruptures, les scandales, l'effervescence des émotions qui marquent les visages d'expressions si aisément déchiffrables. Si je n'ai jamais appréhendé l'après, les moments de bascule, eux, m'ont pétrifiée chaque fois, provoquant en moi un trouble, des sensations si étranges que j'aurais pu en perdre la raison si je n'avais pas su autant les maîtriser.

17

L'ennui a toujours été mon pire ennemi

Basile, tout excité, m'annonce que Ryan Miller, producteur et réalisateur américain, me confie un rôle important dans un film au casting de rêve : Nicole Kidman, Joaquin Phoenix, Sarah Paulson et Donald Sutherland. Je serai la fille illégitime du patriarche, qu'il a eue avec une Française morte en couches, et qu'il accepte enfin de rencontrer, se sachant atteint d'un cancer incurable. Nicole Kidman jouera le rôle de ma belle-mère, récemment mariée à Donald. Joaquin Phoenix et Sarah Paulson, frère et sœur d'un précédent mariage, me considéreront comme une rivale risquant d'empocher l'héritage du père à leurs dépens. Je dois me rendre à Los Angeles sans tarder. Cela fait longtemps que je songe à faire carrière aux États-Unis, où plusieurs projets auxquels je devais participer ont avorté. Les studios américains sont si versatiles. *Inheritance Share* (Part d'héritage) est une chance que je ne veux pas laisser passer, un thriller esthétique et glaçant dans lequel ma nouvelle famille cherche à m'éliminer. J'ai besoin de m'enfuir quelque temps, à la manière de Ben. Lui, au moins, tente de construire des relations, l'une après l'autre.

Je me sens libérée d'avoir quitté Régis. Sa peau sentait le nourrisson. Cela m'évoque Madeleine et le quartier de Saint-Michel à Montréal, que j'arpentais à sa demande, la première année. Tous ces hommes vers lesquels elle m'envoyait, en insistant sur le fait que je ne devais rien ressentir à leur égard, ou j'y perdrais mon âme. J'en ai tant croisé à travers le monde que j'ai oublié leurs visages, me souvenant juste du regard fiévreux qu'ils m'offraient dans leur appartement ou la chambre d'un palace. J'étais rousse, blonde ou brune, les cheveux courts ou balayant mes hanches, mes lentilles de couleur fixant le plafond ou leurs paupières closes. Pas un d'entre eux ne pourrait me reconnaître aujourd'hui, ils étaient alors trop occupés par leur désir. Peut-être que dans une salle obscure, la fille qui apparaît à l'écran leur semble familière, sans qu'ils sachent pourquoi. Et plus ils me voient, plus ils s'habituent à ma nouvelle image.

Je n'ai plus rien de l'époque où Madeleine m'avait surprise en train de voler portefeuilles et bijoux dans la rue et proposé un métier plus rémunérateur. Elle s'assoupissait tandis qu'on lui parlait, vautrée sur son lit avec ses douze chiens, mère maquerelle des beaux quartiers qui m'a élevée de la rue aux palaces étoilés, et fait de moi l'*escort-girl* la plus demandée. Elle s'est étouffée dans son sang une nuit, seule avec ses fidèles compagnons. Madeleine souffrait d'une arythmie cardiaque doublée d'une bronchite chronique, provoquant ses nombreux alanguissements qu'elle devait soigner avec des anticoagulants. Elle connaissait les risques d'hémorragie. Son personnel n'a rien entendu, exilé dans une maison voisine – intendant, domestiques, cuisinier, tous ramassés dans la rue eux aussi et tatoués de la tête aux pieds. Madeleine est morte comme elle avait vécu, dans une effroyable solitude. J'ai hérité de la maison, je m'y suis réfugiée avant de quitter Montréal. J'ai laissé les meubles recouverts de draps, je ne comptais pas m'y installer. J'ai parcouru les pièces à la recherche du fantôme de Madeleine, mais seules les lattes du parquet craquaient sous mes pieds. C'est ici, et nulle part ailleurs, que j'ai pu pleurer, crier même, comme l'envie m'en a pris. Un état de panique absolu, irraisonné. L'unique fois où je me le suis autorisé. Mes yeux sont trop secs pour que je me répande. Madeleine n'est plus là pour me diriger, ni moi lui plaire. Pierre a fait le choix de Louise. Le manoir d'Outremont s'apparentait à un tombeau. L'ennui a toujours été mon pire ennemi. J'ai congédié le personnel et respiré pour la dernière fois le parfum de la Stanwell Perpetual, cette rose couleur chair qui a la capacité de changer d'odeur à chaque heure du jour. Et je me suis enfuie, à la manière de Ben, pour ne plus jamais revenir.

18

Je ne peux pas me permettre le moindre écart

Mon agent s'est fait remarquer dans un procès très médiatisé où il était accusé de consommer de la cocaïne en présence de mineurs. Les ligues de vertu ont manifesté sous mes fenêtres, heureusement chassées par la police. Je n'ai rien dit pour ne pas envenimer la situation. Basile ne prend aucune drogue, je le saurais, et ses « mineurs » ont l'âge de Régis. Madeleine m'a suffisamment sermonnée, en son temps. Si elle me surprenait en train de sniffer ou de planer, je perdrais tout, dans la seconde, et me retrouverais à la rue. Le sexe tarifé, disait-elle, mène souvent à la drogue. Toutes les belles-de-jour en prennent un jour ou l'autre pour tenir le coup ou s'amuser. Celles qui sont restées sourdes aux conseils de Madeleine ont souvent fini leur vie dans une caravane, enchaînant les passes à un prix dérisoire. Je n'ai jamais abusé d'alcool non plus, je n'aime pas perdre le contrôle.

Et dans mon métier d'actrice, je ne peux pas me permettre le moindre écart. Si Basile ouvre les lettres qu'il reçoit à mon nom, je ne tiens pas à ce que mon assistante en fasse autant. Mon agent les trie ensuite par ordre d'importance. Certaines sont étudiées par un graphologue avant de m'être transmises, au cas où elles représenteraient une réelle menace.

Voilà pourquoi mon sang s'est figé lorsque j'ai ouvert une énième lettre anonyme où il était simplement écrit :

Moi aussi, j'ai connu Madeleine.

J'ai plaqué la lettre contre une lampe, rien ne transparaissait. L'enveloppe, de qualité, pesait cent grammes, à vue de nez. Le mot, lui, avait été écrit sur un papier couché d'excellente facture. Les lettres, elles, découpées dans un magazine. À l'exception de l'emballage, sur laquelle une écriture violette, à la prose serrée, délimitait mes coordonnées postales. Le courrier avait été affranchi à la poste du Louvre. Cette missive ne me laissait pas le choix, il me fallait contacter toutes affaires cessantes l'ancien intendant de Madeleine, Louis Modesto, installé désormais en banlieue parisienne pour se rapprocher d'un frère malade, décédé depuis. Je ne pouvais confier cette mission à personne d'autre.

Son pavillon était aussi sinistre que la ferme des Matuchet. Au bout d'une allée à l'herbe jaunie, le vieil homme est venu à la porte pour m'accueillir. L'intérieur sentait le renfermé, mais cette odeur ne me révulsait pas, elle me renvoyait à mon passé. Je n'ai pas eu le courage de boire le thé qu'il m'a servi, une fine pellicule grisâtre recouvrant le breuvage. J'ai relevé légèrement la voilette qui masquait mon visage, ma perruque rousse ne pouvait que lui rappeler la folle époque de Madeleine, quand je répondais au nom de Talia Thomas. J'avais bleui mes yeux avec des lentilles de couleur, portais des vêtements Dolce & Gabbana, rien qui puisse révéler Belle Kaplan. J'étais de nouveau l'élue de Madeleine. Louis m'a demandé ce que je devenais en relevant la manche de sa chemise. J'y ai reconnu le symbole de l'infini, tatoué à son poignet en hommage à son frère défunt. Je lui ai dit être mariée à un banquier français et mère de trois enfants. Alice, plus tôt, m'avait découpé trois bambins dans un de ces magazines qu'elle adore feuilleter en déjeunant. Je lui ai montré les trois monstres plastifiés et cela l'a réjoui, comme je m'y attendais. Puis je lui ai confié la lettre anonyme et son enveloppe, espérant qu'il identifierait l'écriture, mais ça ne lui disait rien. Son étonnement m'a intriguée. Il m'a juré qu'il ne maîtrisait plus les expressions de son visage, à cause de sa récente attaque cérébrale.

Les courtisanes s'étaient rangées, avaient épousé un mari fortuné et oublié l'intendant. Seule Chloé, sa voisine, lui rendait visite le dimanche. Louis ne voyait pas qui aurait pu écrire ce genre de lettre, il n'imaginait pas une des filles ressasser autant de rancune après le décès de Madeleine. D'ailleurs aucune n'avait honoré son enterrement de sa présence, « À part toi, ma belle ». J'avoue avoir sursauté en entendant mon prénom.

J'étais donc venue ici pour rien. Revoir Louis Modesto n'avait eu pour effet que de raviver une ancienne blessure, et la lettre anonyme le restait. Des photos de nous toutes trônaient sur un buffet recouvert d'un chemin de table en dentelle. Je les ai à peine regardées, j'avais parcouru tant de chemin depuis. Je devais quitter ce lieu au plus vite, ma tête était pleine d'images de Ben secoué par le père Matuchet comme les branches d'un arbre dont on veut faire tomber les fruits. Il me fallait fuir ce pavillon sans tarder ou devenir folle.

19

Nous fûmes adoptés ensemble

Confortablement installée dans le salon grands voyageurs à Roissy, je patiente en relisant le scénario d'*Inheritance Share*, jambes croisées, lunettes noires légèrement baissées. Mais mon esprit est ailleurs, et ma capacité à me concentrer sur ma lecture en pâtit. Je n'ai nulle envie de feuilleter un de ces magazines à portée de main, *Fatale* ou un autre, c'est au-dessus de mes forces. Je ne cesse de repenser à ce que m'a dit Louis Modesto, l'ancien intendant de Madeleine, quand je suis allée lui rendre visite. Son pavillon à Montfermeil m'a rappelé la ferme où nous avons grandi, Ben et moi, au sortir de l'orphelinat, à Chambly, près de Montréal. Nous fûmes adoptés ensemble, mon unique condition pour quitter ce mouroir, et pas une des sœurs n'a cillé. Elles étaient trop heureuses de me voir partir, à l'exception de sœur Clarence qui a promis de prendre régulièrement de nos nouvelles.

Ce qu'elle n'a fait qu'une fois. Si avoir des « parents » semblait une idée séduisante, Ben et moi n'avions aucune idée de ce qui nous attendait. La Matuchet aimait nous serrer fort dans ses bras, mais nous avons vite compris que le père, lui, ne nous attendait pas. Aviné et colérique, l'homme tenait davantage de la bête. Sa main tournoyait dans l'air avant de s'abattre sur Ben pour le punir d'exister. Son épouse semblait faible et craintive, mais après les coups elle faisait comme si rien de grave ne s'était passé. Je l'ai haïe pour son indifférence. Le silence nous rend parfois aussi coupable que celui qui perpétue la violence. Elle et lui ont récolté quelques années plus tard ce qu'ils avaient semé.

Jadis, Madeleine m'a fait prendre des cours de maintien et de danse. À vingt-cinq ans, je savais marcher dignement, la tête haute, m'asseoir dans une posture des plus élégantes, m'allonger l'air alanguie pour faire monter le désir de mes clients. C'est simple, les femmes me détestent toutes, je leur ai volé leur mari, leur frère, leur amant, et parfois leur soeur. Quand j'entre dans une pièce, ma présence l'envahit, et j'aime quand tous ces regards se tournent vers moi, surtout ceux des hommes dont la mâchoire se contracte tandis qu'ils estiment d'un œil oblique mes mensurations. Je dois tout à Madeleine, et si je crève l'écran aujourd'hui, comme le dit Alice, c'est parce que j'ai su tirer parti de toutes les leçons que m'a enseignées la mère entremetteuse. J'étais sa favorite, elle me citait en exemple lors de nos réunions du lundi soir dans sa chambre, ses chiens trônant tout autour d'elle comme de minuscules soldats, les filles réparties dans de vieux fauteuils Louis XIII défraîchis. Puis la daronne nous pointait du menton pour nous assigner nos rendez-vous de la semaine. La plupart du temps, je partais à Tokyo, Londres ou New York, tandis que les nymphettes tapinaient dans des hôtels québécois que j'avais peu fréquentés. Elles me toisaient comme un insecte qu'elles auraient volontiers écrasé sous leur talon aiguille. Je n'ai nullement cherché à mieux les connaître en dehors de ces réunions hebdomadaires. Pourtant, un soir, je n'ai pas résisté au plaisir de dissoudre un laxatif puissant dans leurs cocktails, que j'ai préparés au nez de Louise, une des domestiques de Madeleine. Louise Nadeau, déjà fiancée à Pierre Lepage, si discrète qu'elle se fondait dans le décor.

20

Ils ne sont pas bleus, c'est certain

Madeleine m'envoie à New York. Ce n'est pas le plus éprouvant des voyages, une heure trente depuis Montréal pour rejoindre un homme dans une chambre luxueuse sans me faire remarquer, ni à la réception ni dans les étages. J'ai l'habitude, je sais me faire discrète quand la situation l'exige. Mais c'est la première fois que je me rends à l'étranger pour coucher avec un homme que je ne connais pas. Je sais juste que ses yeux sont bleus, qu'il a une ancre tatouée sur la cuisse gauche, et qu'il s'appelle Austin Taylor. Il m'ouvre la porte torse nu, une serviette nouée autour de la taille. Il m'attendait. Il m'offre un whisky. J'ai beau regarder ses yeux, je n'y vois pas le bleu annoncé. Il y a dans ses gestes comme une maladresse qui pourrait m'émouvoir si j'étais capable d'éprouver pareille sensation. Je me demande s'il va poser sa main sur moi en tenant son verre dans l'autre, mais il l'abandonne sur une table basse avant de me demander de m'approcher de lui, tandis qu'il fait tomber la serviette blanche d'un geste brusque. Son anatomie la plus intime se dresse comme un mousqueton. Je viens de repérer plus bas son tatouage qui me rappelle un instant ceux du manoir. Je n'ai ôté ni ma robe ni mes chaussures. Je goûte à son épée puis à sa bouche comme si je continuais à boire. Sa langue est râpeuse, elle vient s'accrocher à la mienne, ne la lâche pas. D'une main experte, Austin défait ma robe qui glisse entre nous. J'ai cru comprendre que c'était un industriel dirigeant des plateformes pétrolières au Texas, qu'il n'a pas le temps de connaître des filles acceptant de s'allonger sans préliminaires. Il est aussi dépourvu du langage qu'Helena, ma guerrière affranchie, déesse du plaisir, que je rencontrerais plus tard. Il s'y prend plutôt bien aussi. On voit qu'il s'est exercé à dégrafer d'autres corsages, à pincer ses doigts pour accélérer le processus. Il me fait un peu penser à Pierre dans son agilité à ôter les sous-vêtements. Il me prend par la main et m'entraîne vers le lit. Il s'enfonce en moi d'un simple déhanchement, sans me blesser ni me heurter, un vrai pro de l'amour tarifé. Et tandis qu'il s'active en moi, je regarde distraitement ma robe jaune et sa serviette roulées en boule sur la moquette. Je me laisse faire, je n'ai rien à exprimer, sinon le désir feint que je susurre à son oreille, haletante, alors que j'attraperais volontiers un coca dans le minibar. Enfin, il retombe sur moi de tout son poids, satisfait, tout en me demandant de lui rappeler mon prénom. À quoi bon, je ne lui ai pas donné. Je suis réservée pour la nuit, au cas où il souhaiterait un deuxième round. Je lui murmure « Talia » en regardant le plafond.

Maintenant qu'il est allongé sur moi, je regarde attentivement ses yeux. Ils ne sont pas bleus, c'est certain. Noirs, sans doute, comme la pénombre de cette chambre. J'ai senti ses mains sur ma peau, elles semblaient l'érafler. Des mains de paysan, pas vraiment celles d'un industriel qui dirige ses plateformes pétrolières depuis une chambre d'hôtel à New York. Peut-être a-t-il menti, comme pour la couleur de ses yeux. Quelle importance ? Je n'ai pas ressenti de plaisir avec cet homme à la cuisse tatouée, mais pas de dégoût non plus. Je me dis que des dizaines d'autres vont lui succéder, que je me dois d'être consentante. Ils ne m'offriront pas tous un verre de whisky, certains même me le jetteront au visage, quand d'autres me frapperont pour ne pas avoir à le faire avec leur épouse. L'industriel s'est endormi, on dirait un enfant joufflu à la respiration difficile.

Les filles chez Madeleine disent qu'il faut frotter deux chaussures l'une contre l'autre afin d'attraper la respiration du ronfleur. Puis, en accélérant la friction, on augmente le souffle du dormeur jusqu'à ce qu'il s'étouffe pour de bon. Mais l'Américain se réveille, un instant égaré dans cette chambre qui ne lui dit rien, comme la femme allongée à ses côtés. Puis, il roule sur moi et laisse retomber sa bouche sur la mienne, force l'entrée, tandis que je m'offre à lui. J'ai essayé de penser de nouveau à Pierre, mais c'est impossible. Jamais le géant ne pèserait ainsi sur moi de tout son poids, m'obligeant en quelque sorte à faire la morte.

21

Un lien de sang bien plus fort

Au fond du *Café de la Mairie*, place Saint-Sulpice, Julian évoque Greenwich Village où il a cru pouvoir se rapprocher de Ben. Il ne lui pas été difficile de retrouver le bureau de poste grâce à l'affranchissement, 93 4th Ave., East Village. Les photos montrées au hasard des rues alentour ont fini par parler. Une porte lui a même été désignée par un doigt vengeur. L'enduit rouge, orné d'une poignée en bronze, lui a paru de bon augure. Une fillette à la bouche cernée de chocolat lui a ouvert en écarquillant des yeux d'un bleu céleste, avant de lui claquer la porte au nez. Julian a cogné de nouveau, plusieurs fois, pour montrer aux occupants des lieux qu'il n'en resterait pas là. Puis il a collé son oreille au battant, est tombé à genoux face à une ravissante brune aux cheveux frisés qui le fixait d'un air impétueux quand la porte s'est rouverte. Julian lui a demandé où se trouvait Ben Turner. Elle lui a répondu dans un souffle que le sien s'appelait Ben Faraday, qu'il était parti sans un mot en les abandonnant, sa fille et elle. Elle voulait savoir s'il était du fisc, « ou un truc du genre », parce que Ben, depuis qu'elle le fréquentait, semblait être poursuivi par des créanciers auxquels il s'était plus d'une fois soustrait en passant par la fenêtre ou la porte de derrière.

— C'est tout Ben, ça, de filer entre les doigts des gens, ai-je dit l'air songeuse.

La petite fille est apparue en arrière-plan, s'appuyant contre le dos de sa mère, pouce et index dans sa bouche. Julian a montré sa carte professionnelle, indiquant son métier de détective privé à la recherche de Ben à la demande de sa sœur. La furie a baissé la garde, l'a laissé entrer. Julian a dit tout ce qu'il savait de Ben : cela tenait au fond d'une poche. Lupita se doutait que Ben lui mentait, mais pas à ce point. Il avait évoqué son adoption après un séjour dans un orphelinat au Québec et son sentiment d'être seul au monde depuis que sa famille adoptive avait péri dans un accident de voiture. Jamais il ne lui avait parlé d'une sœur, et encore moins d'un mari et de trois enfants birmans adoptés. Julian retournait au point de départ. Il ne lui restait plus qu'à espérer que Ben poursuivrait sa correspondance avec

Igor, ou peut-être même avec Lupita, et nous révélerait ainsi sa nouvelle adresse.

— Ce garçon n'est pas un mauvais bougre, m'a-t-il dit, mais son instabilité signifie qu'il ne cessera jamais de fuir.

Je remercie Julian pour son travail, tandis qu'il range son dû dans la poche intérieure de sa veste. Je ne lui ai pas dit que Ben n'est pas mon frère. Mais un lien de sang bien plus fort nous unit, comme seuls les orphelins savent le reconnaître entre eux. Une langue qui se passe de mots.

Je ne dois rien à l'enquêteur. Il ne sera jamais un proche. Je ne sais même pas comment Ben m'accueillera si on le retrouve. La dernière fois, en Floride, je l'ai senti sur ses gardes. Il me jaugeait derrière l'épaule d'Igor. J'ai senti comme une tension qui sépare bien des familles. Je pense que Ben aurait voulu m'entraîner dans sa chute. Que je sois aussi instable que lui. Qu'un coup de volant volontaire nous précipite dans le vide du haut de la falaise, ou nous projette dans un arbre, comme pour les Matuchet.

22

J'ai appris à les écouter, à les satisfaire, et à me taire

J'ai reçu la deuxième lettre anonyme à mon domicile. La même enveloppe, le même papier couché, le courrier toujours affranchi à la poste du Louvre. Je l'ai décacheté délicatement, retenant mon souffle en la lisant. Elle était encore plus précise que la précédente :

Je sais que tu t'es appelée Grâce, Paradis, Talia et Jade, avant de choisir Belle. Qui crois-tu berner ?

Je me suis assise dans le fauteuil. Très peu d'âmes ont connu Grâce ou Paradis, et les religieuses n'envoient pas de lettres anonymes. Nos parents adoptifs sont morts et j'étais suffisamment distante avec les filles de Madeleine pour qu'elles me le rendent bien. Je n'ai jamais raconté mon enfance à l'entremetteuse, encore moins à ses jouvencelles. Quant à mes clients, des hommes pour la plupart, je ne me suis pas davantage épanchée auprès d'eux. J'ai appris à les écouter, à les satisfaire, et à me taire. Ces amants se fichaient bien de me connaître autrement qu'au lit, n'importe quel mensonge leur convenait, ils l'oubliaient à peine entendu. Des gaillards se confiant plus sur l'oreiller que sur le divan d'un psy. Ils voulaient être compris, aimés, que je les identifie à des dieux vivants, le temps d'un contrat. Je n'ai pas éconduit Madeleine quand elle m'a proposé de rencontrer quelques influentes. Leurs langueurs, une fois leurs vêtements au sol, m'ont conquises, mais je me suis tenue loin de tout aveu, alors que ces guerrières les auraient accueillis les bras ouverts. Comme Helena l'a fait. Si légende il y a, elle est née sous le règne de Madeleine. J'ai su me protéger au-delà des limites du raisonnable. Je n'ai jamais éprouvé le besoin de me confier et j'ai vite compris que ce serait ma force, qu'ainsi personne n'aurait de prise sur moi. Si cela devait accroître ma solitude, soit. Ben filait le parfait amour avec Igor en Floride, je l'ai constaté moi-même en leur rendant visite, après un détour dans les Keys auprès d'Ethan Anderson, mon dernier client. Ma vie d'*escort-girl* a fait de moi une guerrière froide qui n'attend rien des autres. Je me suis durcie, pareille au granit. Certains hommes m'ont proposé de rester près d'eux, comme Devon Moore ou Ethan. Je leur ai tourné le dos.

J'étais une compagnie utile, j'avais étudié mille sujets de conversation, je savais tout des cours de la Bourse, de la politique, de l'économie, de la géographie des villes où je me rendais. Je me suis aussi passionnée pour l'histoire. Je révisais dans ces classes affaires qui me transportaient d'un pays à l'autre, d'un homme à une conquérante, j'apprenais tout du territoire où j'étais attendue. Puis je retrouvais le manoir, vidais mes valises et mon esprit, heureuse d'être là, seule dans ma vaste chambre. Je m'autorisais à penser à Pierre Lepage, ce géant aux pieds d'argile qui m'avait changée en femme avant de me briser le cœur à jamais. Au manoir d'Outremont, je ne pouvais m'empêcher de lui téléphoner, lui racontant mes voyages sans évoquer mes clients. Je le laissais m'appeler Paradis, ce que personne d'autre n'a fait depuis. C'était ma faille, mon secret, l'unique homme que j'aimerais sans jamais le lui dire, comme dans ce roman stupide attrapé au hasard dans la bibliothèque interdite de mère Catherine.

La lettre anonyme m'a échappé des mains. Celle ou celui qui l'avait écrite en savait long sur moi. Jusqu'à l'envoyer chez moi, rue de

Furstemberg. J'ai essayé de joindre Louis Modesto au téléphone, mais il n'a pas répondu, ce qui m'a inquiétée. Sachant qu'il ne pouvait pas quitter son domicile, j'ai décidé de lui rendre une visite surprise.

23

La Stanwell Perpetual

Le cœur de Louis Modesto a lâché. Je l'ai appris par Chloé, sa voisine dévouée, persuadée de me connaître. Je l'ai vite détrompée, tandis qu'elle m'observait par en dessous, épiant le moindre de mes mouvements. Je portais la même perruque rousse que la fois précédente, mes lentilles bleues, aucune chance qu'elle ne devine Belle Kaplan. Chloé avait un double des clés de Louis, elle m'a proposé de prendre un thé chez le mort. J'aurais voulu m'enfuir, pourtant je suis restée. Avec le départ de Louis, un pan entier de ma vie disparaissait, la langueur des étés chez Madeleine à boire des citronnades glacées dans le jardin, servies par Louise, tandis que l'intendant veillait à la gestion du manoir. Toujours discret, gardant un œil sur chacune, rien ne lui échappait. Nous étions toutes des filles perdues qui s'accrochaient à Madeleine comme à une branche suspendue au-dessus du vide. Le ballet de nos pas dans cette vieille maison victorienne résonnait en sourdine. Nos chaussons, nos bas, ou nos pieds nus, glissaient sur le parquet ancien alors que nous rejoignions Madeleine dans sa chambre, où elle trônait sur ses oreillers comme un vieux mandarin aux yeux mi-clos. Et, alors que nous prenions nos aises autour de son lit, Madeleine, renonçant à ses songes, nous couvait de son regard maternel. De sa chambre, on accédait au jardin par une courte passerelle et un escalier en fer qui semblait mener au paradis. Le prénom dont m'a affublée la Matuchet, Paradis, aurait pu provenir de ce jardin d'Éden. On y trouvait toute une variété de roses dont la mère maquerelle m'a appris chaque nom. *Rosa gallica officinalis*, qui garde son parfum même quand elle a séché. La Quatre Saisons Damas aux fleurs doubles, à la teinte rose tendre. *Rosa Centifolia*, utilisée anciennement pour son huile essentielle, d'un rouge pastel. Enfin la Stanwell Perpetual, rose couleur chair qui a la capacité de changer de parfum à chaque heure du jour. Ma favorite. Identique à la Stanwell, je multipliais les arômes, avec cette idée obsédante que je me transformais en une femme différente chaque fois. Les nymphettes emportaient couvertures et plaids pour s'allonger dans l'herbe, je révisais mes leçons, passant d'un livre à l'autre. Je me fichais bien d'être montrée du doigt, je n'étais pas la préférée de Madeleine pour rien.

J'ai pris des cours d'autodéfense, appris par cœur les maniements précis du *dim mak*, pas question d'être maltraitée par des hommes sans loi. S'il n'existe pas de preuves scientifiques ou historiques pour attester de la réalité de ces techniques légendaires, le *dim mak* est un art martial chinois traditionnel basé sur les points de pression de l'acupuncture. J'ai étudié patiemment ce qu'on nomme les vulnérables, ceux qui peuvent tuer un adversaire, l'étourdir, ou le faire plonger dans un long coma. J'ai su m'en servir tout en évitant les étreintes qui auraient fait de moi une meurtrière. Je l'ai pratiqué souvent, laissant mes amants du moment inanimés, téléphonant à Madeleine avec la voix de Grâce, la petite fille égarée et en colère de l'orphelinat Sainte-Croix, ne sachant plus quoi faire, cherchant à me faire pardonner à distance avant de reprendre un avion et d'honorer un autre engagement. Le sang-froid de Madeleine dans ces situations extrêmes a eu sur moi l'effet d'une impulsion électrique. Le personnage de Grâce a fini par se dissoudre comme le cuivre au contact de l'acide, et je n'ai plus jamais appelé Madeleine aussi affolée. Je suis devenue Talia qui en latin se traduit par « le jour de naissance ». Quant à Thomas, mon patronyme, il signifie « jumeau » en langue araméenne, pour ne jamais oublier Ben. Madeleine m'a procuré de nouveaux papiers d'identité tandis que je faisais le deuil de Grâce et de Paradis. J'ignorais tout de mon prénom originel. Sœur Clarence, un jour de bonté, m'avait montré ma fiche d'admission : nul nom n'y figurait, ni le mien ni ceux de mes parents qui m'avaient déposée sur le perron, réduite à un simple numéro. J'aurais donné ma vie pour découvrir mes origines, et, puisque cela m'était refusé, autant multiplier mes existences. Je n'en aurai jamais assez pour réparer cette injustice.

24

Ce sont les aléas du métier

Je n'ai pas vu le coup partir, une gifle monumentale m'a clouée au sol. J'aurais pourtant dû m'y attendre, rien chez cet homme ne semblait naturel, ni son regard fuyant ni ses caresses trop appuyées. J'en voulais à Madeleine de ne pas m'avoir prévenue qu'elle m'envoyait chez un psychopathe. Sans doute l'ignorait-elle, ou peut-être voulait-elle tester ma résistance à la violence ? Cet indélicat avait en plus déchiré ma robe rouge dans un geste brusque parce que je lui résistais. Mais que valent ces hommes au regard de la loi ? Juste des salauds dont on veut se débarrasser au plus vite, les précipiter par-dessus le balcon, leur enfoncer une lame dans le ventre qu'ils ont souvent trop généreux. J'en étais là de mes réflexions, allongée sur le sol, frottant ma joue endolorie, quand il m'a asséné un violent coup de pied dans le ventre. Son visage était écarlate, j'y ai vu une joie malsaine, du plaisir, une pulsion de mort. Je n'allais pas me laisser faire, même si mon ventre me faisait horriblement mal. J'ai rassemblé mes forces et me suis redressée d'un bond pour que ce connard n'ait pas l'envie de me frapper une troisième fois. Je l'ai saisi rapidement à l'épaule, le paralysant aussitôt, me rappelant exactement la pression à utiliser, souvenir du dim mak *enseigné par Liang, un client chinois de Taïwan, que je devais exercer avec précaution. Dans ce genre de situation extrême qui exige une attention constante, j'ai toujours su réagir comme il le fallait. J'ai quelquefois transmis cet art martial à mes guerrières. Notre arme contre la violence des hommes. J'aurais pu le tuer, j'en avais envie, mais je voulais qu'il se souvienne de cette leçon. Que plus jamais il ne lève la main sur une femme sans repenser à cet instant. Il était incapable de se détacher de mon emprise, je tenais fermement les points, et, en une fraction de seconde, je pouvais lui faire tout oublier, même son passé. Je me suis arrêtée à temps, je l'ai plongé dans un long coma. Il est tombé à genoux, puis à plat ventre, face contre terre. J'ai ramassé toutes mes affaires, effacé avec soins toutes les traces que j'avais laissées derrière moi, sur le verre, la bouteille, les poignées de porte, les interrupteurs, et dans la salle de bains. J'ai dévalé les escaliers, mon cœur battait à tout rompre. La réception étant pleine de monde, j'ai pu filer sans que quiconque me remarque. Je quittais cet hôtel avec soulagement, sachant que plus jamais je n'y remettrai les pieds. Peu importe qui découvrirait le corps de cet abruti, il n'était pas près de se réveiller. Plusieurs mois seraient nécessaires avant qu'il ne se reconnecte au réel, n'ayant rien oublié de notre échange. Le temps de trouver une cabine téléphonique, j'ai appelé Madeleine d'une voix tremblante, encore sous le coup de la gifle qui avait laissé une marque violacée sur ma joue. Il me faudrait des semaines pour en atténuer les nuances et une bonne couche de maquillage pour séduire un autre homme, même si je n'en avais que faire en cet instant. Madeleine ignorait tout de ce client, un de ses contacts le lui avait recommandé. Elle ne manquerait pas dorénavant de se passer de ses services.*

Je devais me rendre à San Francisco une semaine plus tard pour y rencontrer un magnat du timeshare *et je ne pouvais pas lui faire faux bond. Elle me prendrait rendez-vous auprès d'un chirurgien sitôt rentrée à Montréal, il saurait comment atténuer les traces de la blessure en un temps record. Madeleine m'a demandé de reprendre mon souffle. Je ne ressemblais en rien à cette gamine qu'elle avait envoyée à New York pour son envol. Ce n'était pas non plus la première fois que je pratiquais les arts martiaux : je me souvenais de cette nuit où je l'avais appelée tandis qu'elle dormait, lui confiant dans un état de panique avoir tué un client violent. « Ce sont les aléas du métier. » Je devais me calmer et rentrer au plus vite. J'ai préféré attendre à l'aéroport, encore désert à cette heure matinale, jusqu'à ce que les passagers occupent l'ensemble des sièges autour de moi et que la vie reprenne son cours. J'en ai gardé une aversion pour la violence et ses méfaits. Je ne crois pas avoir ôté la vie à aucun autre homme, du moins je le suppose, même si j'ai toujours pensé qu'ils ne manqueraient à personne s'ils étaient morts.*

25

Jamais je n'avais vu un ciel pareil, aussi apaisant

Lorsque la famille Matuchet a eu son accident de voiture, nous nous sommes enfuis en grimpant dans un bus en direction de Montréal. Nous avions une quinzaine d'années et pas un rond. Dormir dans la rue ou voler aux étalages ne nous effrayait pas, surtout l'été. Tout plutôt que les Matuchet, surtout lui, le père, qui battait Ben si fort qu'il s'était tu un matin d'hiver et n'avait plus prononcé un mot depuis. Je l'ai supplié à l'oreille, je l'ai pincé même, mais rien ne sortait de sa bouche, sinon sa langue toute rose qu'il tirait à toute âme s'intéressant à lui. Nous avons fait les poubelles des grands restaurants, bu l'eau des fontaines publiques, fini le fond de bouteilles de vin ou de bières abandonnées en gardiennes autour des poubelles. Nous déambulions dans les avenues de la capitale québécoise, Ben sur mon dos, moi chantant à tue-tête des airs entendus ici et là.

Et puis j'ai connu Pierre Lepage, en le heurtant au coin d'une rue. Ben avait décidé de se promener seul, à l'assaut de la ville. Je le soupçonnais d'être retourné à la plage du Cap-Saint-Jacques, au bord du lac des Deux Montagnes, où nous allions nous baigner autrefois alors que je répondais encore au prénom de Grâce. Je crois aux forces du destin, aux rencontres fortuites : sans Pierre, je n'aurais jamais connu Madeleine ni trouvé un toit pour Ben et moi. Ce géant de deux mètres m'a gardée un instant dans ses bras, m'observant sans rien dire. La plupart du temps, Ben et moi nous douchions sous la pluie, avec un savon quand il nous arrivait d'en voler un dans les toilettes des grands hôtels. À vivre dans la rue, en quelques semaines, les couleurs de ma robe de coton s'étaient diluées, pareilles à des taches d'encre détrempées. J'avais tout d'une clocharde. Mes cheveux en pagaille retenaient la poussière et les débris du sol où je me couchais. Je n'étais gracieuse en rien, une sorte de garçon manqué à l'haleine douteuse qui me faisait grimacer lorsque je soufflais dans ma paume avant de la respirer. Pierre était immense, mais si maigre que ses pas semblaient incertains. Il basculait d'un pied sur l'autre, à la recherche permanente de son équilibre. Ses yeux se coloraient d'un bleu piscine. Jamais je n'avais vu un ciel pareil, aussi apaisant. Ben a surgi aussi soudainement qu'il avait disparu, ayant visiblement renoncé à sa promenade solitaire. Il a pris la main de Pierre, lui, le sauvage qui répugnait qu'on le touche depuis les coups de Matuchet. Puis il lui a montré sa langue, signe qu'il aurait bien aimé lui parler s'il avait pu. Pierre nous a guidés jusqu'à chez lui. Le plafond bas l'obligeait à se courber tel un vieillard. Un enchevêtrement de tapis persans menait d'une table à la suivante, toutes parsemées de vieux livres reliés, d'objets anciens, de pendules, de têtes en plâtre, d'animaux empaillés, de montres à gousset à chaîne d'or, de sous-mains en cuir fauve, d'une machine à écrire Remington sur laquelle reposaient des bouquets de fleurs séchées, d'un bidet blanc rempli de biscuits qui s'émiettaient entre les doigts. De canapés où il faisait bon lire ou dormir, recouverts de plaids chamarrés et de coussins brodés. Un véritable havre de paix, un calme apparent qui n'allait pas durer.

26

Sur les cous graciles de ces femmes élégantes du quartier de Westmount

Quand j'ai rencontré Madeleine pour la première fois, elle me connaissait déjà pour m'avoir observée dans la rue, mais souhaitait vérifier par elle-même ce que ses belles-de-jour ou Pierre s'étaient empressés de lui rapporter, l'incroyable ballet de mes doigts pianotant sur les cous graciles de ces femmes élégantes du quartier de Westmount, là où les maisons ont des allures de manoir, et les appartements, de palais. Je suppose qu'on aurait pu décomposer chacun de mes mouvements glissant de la nuque au poignet, jusqu'à l'intérieur de leurs sacs à main que j'ouvrais d'un pincement de doigts. On savait Madeleine Moreau veuve d'un richissime banquier qui lui avait légué sa fortune à sa mort. Les filles ignoraient tout du donateur, Madeleine aimant entretenir un certain mystère sur ses origines, mais à moi elle m'a tout révélé. Je lui dois d'avoir appris à effacer toute trace derrière moi. Si je garde mon calme en toute situation, surtout les pires, c'est grâce à Madeleine et à sœur Clarence. Tout le mal relève du passé, ce qui est fait est fait. Je n'ai jamais cherché à m'acheter une bonne conduite et me fiche éperdument de ce qu'on pense de moi. Rien ne m'atteint, ni les critiques ni les insultes. Je ne les entends pas, je ne les lis pas. Je suis devenue comédienne par hasard, mais ne l'ai-je finalement pas été toute ma vie grâce à Madeleine et Pierre ? Je n'ai failli qu'avec ce producteur aux mains expertes, Chaïm Haddad, un client de Madeleine que j'ai accepté de revoir pour provoquer le destin. Sur son bureau où je me suis allongée, rejetant d'un bras tout ce qui s'y trouvait, j'ai parcouru du regard un scénario, tandis qu'il s'affairait entre mes cuisses. Je savais tout du destin tragique de la duchesse de Polignac et voulais jouer ce personnage. J'ai proposé un marché à ce porc : en échange du rôle, il pourrait me posséder à nouveau.

— Mais tu n'es pas une actrice, a-t-il crié, tandis que je resserrais mes jambes autour de son cou.

— Alors fais-moi tourner un essai, ou plus jamais tu ne fourreras ta tête sous les jupes des femmes.

Même les êtres les plus revêches ont une conscience. Ce n'est pas ce que j'ai dit qui l'a convaincu, mais plutôt le ton que j'ai employé, qui était déjà celui d'une pro. Cet essai, le nabab n'y croyait pas vraiment, mais il a tenu parole. Et dans ce studio où il me fallait lire un texte face caméra, j'ai mélangé l'innocence de Grâce, la rage de Paradis et l'aisance de Talia. Mon pygmalion a changé d'expression, ses yeux se sont écarquillés comme ceux d'un enfant qui lève son regard vers le père Noël. Après ma lecture, un silence impressionnant régnait dans le studio, tous les regards étaient tournés vers moi. La scripte, une brune ravissante, m'a rejointe, les joues empourprées.

— Vous avez été exceptionnelle !

Ces mots ont jailli de sa bouche comme un feu follet. Le producteur se frottait les mains, j'imaginais qu'il tenait sa revanche. Il venait d'honorer notre pacte, je devrais en faire autant. Mais il ne m'a rien demandé sur le moment, il paraissait être dans un état d'excitation d'une tout autre nature. Je devais signer un contrat dans les plus brefs délais. Il fallait aussi me trouver un nom d'actrice. L'appel de Devon Moore a été décisif pour convaincre Chaïm de produire le film et m'imposer pour le premier rôle. Je devais cesser de penser à Madeleine et Pierre. Ce géant m'avait brisé le cœur, plus jamais je n'aimerais. Je choisirais les hommes comme de simples distractions, et, si l'envie m'en prenait, les femmes pour leur douceur. Il n'était pas question de revoir Pierre dans ma nouvelle vie. Je n'en étais pas à un paradoxe près.

27

Je ne crois pas qu'elle avait été une belle-de-jour

Outremont, Montréal, un quartier célèbre pour ses maisons victoriennes et ses rues jalonnées d'érables argentés, frênes de Pennsylvanie, tilleuls à petites feuilles ou micocouliers occidentaux. J'ai grandi sans Ben, pareille à cette végétation changeante selon les saisons, m'attardant souvent dans un des cafés élégants de la rue Bernard. Le manoir est devenu ma maison, mon refuge, quand je rentrais des voyages souvent lointains. J'étais aimable avec ses autres filles, mais les ignorais le reste du temps. Madeleine me l'avait fortement conseillé.

— Ce sont de petites sottes qui n'ont pas ta classe. Elles vont te détester, te jalouser, t'en vouloir à cause des hôtels qu'elles fréquentent à Montréal, Québec ou Vancouver. Je ne les envoie pas plus loin. Toi, tu es spéciale. Tu ne ressembles en rien à ces souris. Tu iras loin si tu sais ne jamais faire état de tes émotions.

Je faisais mon rapport en rentrant. Madeleine goûtait mes confidences, alitée la plupart du temps, avec ses douze chiens qui la recouvraient comme un linceul. Elle en caressait un parfois, distraitement, infime témoignage de sa capacité à éprouver de l'affection, même si je sentais que j'étais de loin sa préférée. Je ne crois pas qu'elle avait été une belle-de-jour, lors de nos conversations elle évoquait seulement son harem dirigé d'un continent à l'autre. De l'affection, j'en concevais à son égard, et, malgré sa laideur, j'éprouvais les sentiments d'une fille pour sa mère. Jusqu'à sa mort, je n'ai cessé de l'imaginer me déposant à l'orphelinat Sainte-Croix pour des raisons obscures, la plus probable étant qu'elle ne supportait aucun enfant à proximité d'elle. Je sais que Madeleine n'était pas ma mère biologique, mais elle se comportait ainsi avec moi, intransigeante, froide, s'autorisant parfois un sourire lippu quand elle était satisfaite de moi. N'ayant jamais connu ma génitrice, je me contentais de cette version-là.

Si mes voyages aux quatre coins du monde ne m'ont jamais fait oublier Pierre ou Ben, j'ai fini toutefois par les confondre avec le souvenir d'un passé lointain. À la mort de Madeleine, Pierre et moi nous étions aimés une seule fois dans la chaleur d'un été caniculaire. Si j'avais offert mon corps à un certain nombre d'hommes, aucun d'entre eux ne s'était vraiment intéressé à moi comme Pierre le fit. En tout cas, c'est ainsi que mon souvenir me le rappelait, insistant, troublant, obsédant. Si je ne pouvais m'empêcher de faire des comparaisons avec ces hommes de peu, j'ai fini par me raisonner et cesser de penser au géant. Je me sentais moins fragile, capable de brider mon attirance envers des hommes ou des femmes qui auraient pu me voir autrement s'ils ne s'étaient pas autant souciés d'eux-mêmes. Seule Helena s'en était aperçue, troublée à son tour, me demandant de rester près d'elle, se méprenant sur mes sentiments, qui ne lui étaient pas destinés. Je me suis promis d'oublier le géant si je ne voulais pas être prise dans les filets de passions destructrices. J'ai commis là ma seule erreur. J'ai dit la vérité à Helena qui est restée longtemps silencieuse avant de me congédier. J'ai su en cet instant que je devais rejoindre le rang de ces guerrières, farouches et intraitables. Je me suis juré de n'être moi-même qu'avec Pierre, et une amazone envers tous les autres, quels que soient leur sexe et leur rang.

28

Défiant les vendeuses de ma prunelle du diable

Comme tous les félins, je possédais de sacrées griffes. Jamais, en aussi peu de temps, Pierre n'avait entendu autant de mots durs, pareils à des balles à blanc qui, si elles ne le tuaient pas, le touchaient en plein cœur. Pourtant, ce jour-là je me suis montrée docile, presque obligée. Il nous a logés, Ben et moi, mon frère plus silencieux qu'une nuit noire. Nous habitions dans le quartier de Ville-Marie, le centre-ville animé de Montréal. Pierre vivait plus ou moins du commerce d'objets d'art qu'il achetait à bas prix dans les brocantes de la rue Monk, ou aux puces Saint-Michel, pour les céder au prix fort à des clients fortunés. Il avait surtout développé une activité illicite bien plus lucrative. C'est en dégrafant le corsage de ses *blondes* qu'il avait découvert la dextérité de ses doigts. Pierre pouvait leur dérober colliers et montres sans qu'elles s'en aperçoivent.

Avant de fendre la foule bigarrée de Ville-Marie et de détrousser les bourgeoises de Westmount, notre voleur a multiplié les prises en tous genres. C'est au cœur du quartier chinois qu'il a rencontré M. Cheng, un receleur au visage inexpressif qui examinait tout ce qu'il lui apportait, et lui en offrait un prix correct. M. Cheng n'a jamais cherché à savoir d'où venait la marchandise. Il fermait sa boutique à clé dès que Pierre y pénétrait, lui souriant comme il l'aurait fait avec une vieille connaissance, un rictus qui disparaissait plus vite qu'un éclair pendant l'orage. Ses doigts palpaient et soupesaient ses breloques puis les portaient à son œil équipé de la loupe, l'autre le fixant étrangement jusqu'à ce que Pierre comprenne qu'il était en verre.

Le premier jour, Ben et moi avions d'urgence besoin d'un bain. Nos vêtements semblaient rugueux au toucher, comme roulés dans la boue, ce qui paraissait évident à voir nos bouilles sales et malodorantes. Pierre nous a offert des habits à lui, bien trop grands. Nous paraissions sans pieds ni mains. Puis il nous a emmenés rue Gilford, à la boutique des Petits Frères, où il nous a laissés choisir ce que nous voulions. Ben tirait la langue à tous les vendeurs qui s'empressaient autour de lui. Je regardais Pierre du coin de l'œil, encore méfiante, répugnant à ce qu'on me touche ou m'approche de près. J'essayais toutes sortes d'habits que j'abandonnais sur le sol, les piétinant sans vergogne, défiant les vendeuses de ma prunelle du diable. Pourquoi cet inconnu s'intéressait-il autant à nous ? Il m'a fallu du temps pour comprendre qu'il se sentait utile pour la première fois de sa vie, que nous donnions un sens à son existence.

À nos âges, on s'habituait vite au changement. Ben a trouvé sa collection de bandes dessinées dans la bibliothèque, se gavant de biscuits volés dans le bidet et, entre la lecture de deux albums dont il lisait les bulles en suivant le texte du doigt, enfoncé dans le vieux fauteuil en cuir, nous déambulions dans les rues de Montréal, sans but, retrouvant notre vie de vauriens. Mais le calme n'a pas duré. Je criais pour un rien, sans doute pour évacuer le poids de toutes ces questions sans réponses. Mes colères statufiaient Pierre et Ben. Elles éclataient sans raison, prenaient des allures d'orage tropical. C'était parfois de réelles attaques de panique, qui n'ont fait que s'amplifier avec le temps, sournoises, imprévisibles. Rien ne me calmait, ni la douceur ni la fermeté, encore moins les punitions que j'acceptais pourtant, en souvenir de l'orphelinat, comme si la vie était plus simple, privée de dessert, de partie de mikados ou de sortie pendant toute une journée. Je finissais par m'apaiser, tremblante, épuisée. Je disais que c'était grâce à sœur Clarence, en me refermant aussi hermétiquement qu'une huître. J'avais honte de me conduire ainsi, avec cet homme qui multipliait les gentillesses à notre égard. Je le voyais bien, face à mes tempêtes, tenter le tout par la douceur, dans un ultime effort pour me tirer de mes abysses infernaux.

29

Les mots sont montés du fond de sa glotte

Dix ans nous séparent, Pierre et moi, et beaucoup d'autres choses. Il ne m'a pas toujours comparée à un chaton. Je sais qu'il nous considérait un peu comme ses enfants. Ben a toujours eu l'air d'un rêveur qui s'abstenait de s'exprimer autrement. Pierre l'a emmené voir un ORL dans le nord de Montréal. L'homme, avenant, l'a examiné longuement, introduisant dans sa bouche une spatule et la lumière d'un miroir laryngé. Ben est resté tranquille pendant l'examen, balançant doucement ses jambes, aussi régulièrement qu'un métronome. La visite terminée, il a pointé sa langue, rose et sinueuse, en direction de son nez, tandis que Pierre tentait d'expliquer au médecin ce que je lui avais appris de Ben. Le médecin lui a répondu que son rôle s'arrêtait là, que Pierre devait prendre rendez-vous avec un orthophoniste et faire réaliser un scanner du cerveau et des examens plus approfondis. Le silence de Ben était probablement lié à un choc psychologique, quelque chose qu'il avait vu ou ressenti, bien supérieur en intensité à ce qu'un cerveau humain peut tolérer. Il pouvait retrouver l'usage de la parole aussi vite qu'il l'avait perdu. Ou pas.

Pierre regardait Ben lui sourire, il venait d'avoir seize ans mais se conduisait par moment comme un autiste. Rien ne le menaçait en dehors de mes colères qu'il redoutait par-dessus tout. Il s'enfermait dans sa chambre, ne la délaissant qu'aux périodes d'accalmie. Il paraissait toujours paisible. En quittant le cabinet de l'ORL, Ben lui a tiré la langue pour le remercier et s'est mis à danser sur le palier, les yeux clos, avec une agilité incroyable. Le médecin, figé sur le pas de la porte, l'observait avec stupeur. Le corps désarticulé de l'adolescent suivait un rythme silencieux que lui seul pouvait percevoir. Une boule à facettes et des néons se seraient allumés dans le couloir, Pierre n'en aurait pas été surpris. Ses mains cherchaient à atteindre l'inaccessible. Ses jambes flageolaient, le soutenant à peine. Il a exécuté quelques figures acrobatiques au sol, avant de se relever d'un bond et de reprendre cette expression un peu attardée de celui qui ne comprend rien à l'univers.

Ils sont rentrés lentement, en se tenant la main, Ben avançant parfois à cloche-pied ou en pas chassés, comme à son habitude. Devant les maisons, à Montréal, il y a souvent un escalier qui mène à la porte d'entrée. Ben y attendait le géant après l'un de ses sprints dont il avait le secret. Face à la maison, notre logeur observait l'adolescent assis sur les marches, tirant la langue. Puis sa bouche s'est arrondie, un son grave en est sorti, puis un second, plus sec. Pierre n'a pas saisi le sens de ce qu'il a pris au départ pour un grognement. Mais Ben a recommencé, jusqu'à ce que Pierre comprenne. Les mots sont montés du fond de sa glotte, dansant dans sa caverne. Pierre s'est approché de son visage, tendant l'oreille, jusqu'à ce qu'il entende ce que Ben voulait lui dire : « Je t'aime ». Je m'étais cachée derrière une trappe donnant sur la rue, qui permettait au chien de la maison d'entrer et sortir comme bon lui semblait, jusqu'au jour où il fut écrasé par un chauffard. Ce que j'avais vu et entendu me laissa sans voix. Ben s'était fendu d'une déclaration d'amour auprès de mon voleur, malgré ses difficultés à s'exprimer. J'éprouvais un profond malaise, mon frère venait de me piquer ma réplique.

30

Voler me comblait de joie

Créer des liens avec Pierre ne fut pas aisé. S'il percevait parfois en moi toute la fureur du monde, mon caractère impossible l'empêchait de vraiment me cerner. Mes constantes sautes d'humeur effrayaient Ben qui se réfugiait sous ses écouteurs. Depuis qu'il possédait un Walkman offert par Pierre, la musique prenait une grande importance dans son quotidien. Le géant avait dû imposer des règles strictes : ni à table ni durant leurs balades. Après la scène des escaliers, Ben se mura à nouveau dans le silence. Il s'était appliqué à écrire au dos d'une facture qu'il ne tenait nullement à consulter un orthophoniste. Ni à être palpé par qui que ce soit. J'observais Pierre à la dérobée, mais lorsqu'il essayait d'attraper mon regard je baissais la tête.

Un matin de printemps, il m'a soudainement proposé de travailler avec lui, pensant que cela nous rapprocherait. Il avait raison, et je me suis révélée à moi-même. Il m'a enseigné à détendre mes mains, à les rendre souples et habiles. Il a fixé bracelets, montres, colliers sur un mannequin de couture et m'a chronométrée. Hésitante à mes débuts, j'ai vite appris. Rien ne me résistait. Nous avons répété les mêmes gestes durant de longues semaines, jusqu'à ce que je sois prête pour un essai dans la rue. Mes performances ont impressionné Pierre. En quelques jours, j'avais détroussé de quoi remplir un coffre. Mes proies ne se rendaient compte de rien, je les bousculais parfois, tout en m'excusant avec un large sourire. Pas une seule fois je ne me suis fait prendre ni rattraper – il faut dire que je courais encore plus vite que Ben. Voler me comblait de joie, comme si un tel acte me rendait tout ce que la vie m'avait pris. M. Cheng s'est vite pris d'affection pour moi, je lui ramenais des pièces rares, souvent de collection, toujours luxueuses, comme si j'étais moi-même devenue une experte. Mes tempêtes, comme mes états d'âme, ont disparu aussi vite qu'une colombe entre les doigts d'un magicien. Seules mes attaques de panique ont survécu, mais elles étaient d'une intensité si faible que j'en maîtrisais le fiel avec aisance. Pierre m'a surprise un jour allongée sur son lit, le contenu de mes larcins étalé sur mon corps à peine vêtu, brillant de mille feux. Je n'ignorais pas que ces vols avaient fait de moi une femme. Je me maquillais à présent, passant des heures face au miroir de la salle de bains, choisissant avec attention les vêtements que je portais – rien d'ostentatoire, cela ne me convenait pas à l'époque.

Pierre, fiancé à Louise Nadeau, la négligeait à mon profit. Je n'ai jamais été jalouse d'elle. La bonne de Madeleine ne représentait rien pour moi. Je savais que j'étais tombée amoureuse de Pierre. Je tombe encore aujourd'hui et, dans cette chute, j'entraîne la légèreté de ces instants, ses bras autour de moi quand il me faisait essayer une robe, ses mains sur ma nuque quand il nouait un collier autour de mon cou.

Louise servait Madeleine, une entremetteuse très influente à l'époque, aussi peu recommandable que Pierre. S'il avait eu deux sous de jugeote, le géant ne m'aurait jamais présentée à Madeleine. Mais il était si fier de moi qu'il voulait me partager avec le monde entier. Quelque chose l'empêchait de tomber amoureux de moi, le pressentiment étrange que cela nous conduirait, lui et moi, à notre perte. Et mes plus beaux sourires n'ont rien changé, sinon le tremblement de ses mains quand elles s'approchaient de moi.

31

J'étais une mignonnette dans un bar de courtisanes

J'ai toujours su que Louis Modesto avait un faible pour moi, comme la plupart des hommes que j'ai rencontrés dans ma vie. N'y voyez aucune forme de mythomanie, c'est un fait. Il suffit, je suppose, d'être belle, intelligente, froide et mystérieuse pour que ces abrutis tentent de vous séduire. Je ne leur en ai pas laissé le temps. Je ne les ai pas repoussés non plus. Je ne voulais pas m'en faire des ennemis ni qu'ils me jugent trop prétentieuse. J'ai toujours mis de la douceur dans mes refus, assez pour qu'ils soient désarçonnés. Suffisamment pour garder la main. Louis n'a pas essayé, je pense qu'il n'a jamais osé. J'étais une mignonnette dans un bar de courtisanes. J'ai accepté la jalousie des épouses et des filles de Madeleine sans pour autant les affronter. Rien n'est pire que deux femmes qui s'insultent ou tentent de se battre. De toute façon, je les aurais mises au tapis sitôt saisies, entre mes cours d'autodéfense et le dim mak, *que je préférais pratiquer à l'étranger. Au manoir d'Outremont, il en allait tout autrement. Dès que j'entrais dans une pièce, je les voyais toutes interrompre leurs bavardages, se tourner vers moi, m'étudier comme une bactérie sous le verre grossissant d'un microscope. C'en était indécent. Je les saluais l'une après l'autre, épiant leurs moues boudeuses, leur maquillage trop relevé, leurs robes fripées, ignorant la vulgarité de leurs rires et de leurs propos, tandis que leur voix gagnait une octave.*

Je retrouvais Madeleine dans sa chambre, toujours alitée, ses douze chiens en sentinelle, dressant leurs nombreuses oreilles lorsque je pénétrais dans son sanctuaire. Je n'épargnais aucun détail à Madeleine, qui m'en aurait voulu même si je m'étais tenue silencieuse face à elle. Elle tapotait son lit de la main, me pressant de la rejoindre tandis qu'elle écartait ses chiens pour que je m'allonge auprès d'elle. On aurait pu croire à une mère et sa fille se racontant leurs secrets d'alcôve, mais les miens étaient trop crus pour une simple conversation familiale. Madeleine était la seule à qui j'aimais me confier. J'avais l'impression d'effacer toutes les traces de mes voyages, comme s'il suffisait d'appuyer sur la touche « tout supprimer » pour que plus rien n'existe. Les filles nous entendaient rire, ce qui n'était pas pour me déplaire : je leur donnais une bonne raison de me détester. Parfois Madeleine se redressait sur ses oreillers et me demandait de poser ma tête sur son ventre plus confortable qu'un coussin. J'y enfonçais ma tête, m'allongeant en travers du lit. J'écoutais ses recommandations à propos des hommes, qu'elle avait en horreur, à commencer par le sien, Jacques Moreau, un banquier qui avait croupi un bon moment à la prison de Bordeaux, dans le nord de Montréal, pour avoir détourné des sommes importantes vers des comptes offshore, avant d'obliger Madeleine à monter son affaire de prostitution pour en vivre, lorsqu'il avait succombé à une crise cardiaque dans sa cellule. La reine mère a toujours eu le sens de la formule. Je ne pense pas qu'elle se soit « forcée » à nous engager, elle qui était aussi fripouille dans l'âme que son époux, dont elle m'a souvent raconté les méfaits avec une forme de délectation dans la voix, comme si tout ce qui était normal en ce bas monde l'ennuyait à mourir. Elle a fini par quitter son manoir les pieds devant, étouffée dans son sang, tandis qu'une main anonyme avait ouvert la porte aux douze chiens qui s'étaient enfuis en glapissant leur infortune.

32

Je mesure la solitude, je fuis le monde

Ce matin, j'ai reçu une lettre de Ben qui m'a bouleversée. Basile me l'a fait suivre aussitôt sans la décacheter. Je lui en suis reconnaissante.

Igor et moi adorions nous cacher l'hiver à Key West, bien avant que nous adoptions Honey, Su, et Cong. Mon mari me manque, tout comme nos enfants. Je ne suis pas si loin d'eux, mais je n'ai pas encore envie de rentrer. Je sais que tu me recherches, Grâce, Paradis, Talia, ou Belle, comme tu te fais appeler maintenant. Mon mari m'a prévenu. J'ai toujours craint cette Brachetti au féminin que tu n'as jamais cessé d'être. Déjà, à l'orphelinat Sainte-Croix, tu m'effrayais. Tu as jeté ton dévolu sur moi, m'envisageant comme ton jouet. Je chéris la solitude, je fuis le monde. Je ne suis l'ourson de personne, et certainement pas le tien. Partout où j'allais, tu m'as poursuivi. Tu faisais des tresses avec mes cheveux blonds, m'apprenais des jeux stupides pour déjouer le temps. Je n'étais pas le seul à te craindre. Sœur Clarence a été envoyée par la mère supérieure pour calmer tes colères et la peur que tu inspirais aux autres orphelins. Quand tu as décidé que nous serions frère et sœur, j'ai cru que le sol s'ouvrait sous mes pieds. En ces temps incertains, je ne cherchais aucune famille. La précédente m'avait abandonné. Si certaines tribus s'enorgueillissent de posséder maintes fratries, je vivrais cela comme le pire des cauchemars. Rien ne m'enchante plus que d'être oublié par tous, ici comme ailleurs, sans le moindre individu à supporter. J'ai connu Igor à Montréal, tandis que tu arpentais les rues avec Pierre. Si malheureux à l'époque, je me réfugiais au fond des terrasses de café, à Sainte-Catherine, pour pleurer en buvant des limonades. Ce n'est pas moi que Pierre avait choisi pour ses larcins, mais toi. J'aurais tout donné pour que ce soit l'inverse. J'aimais Pierre d'un amour auquel je ne comprenais rien encore. Je m'étais donné du mal pour le lui dire une fois, au prix d'un tel effort que j'ai cru un instant que mon visage allait se fendre. Mon silence, je le devais à Matuchet et à ses coups des années durant. J'étais devenu son souffre-douleur pour une vie sans horizon, une manière comme une autre d'expier ses fautes et son existence. Son épouse ne valait pas mieux, elle savait ce qu'il m'infligeait dans la grange, mais elle n'a jamais rien dit.

Probablement des coups en moins pour elle. Les marques se déployaient sur mon corps, formant des pays imaginaires. Trop faible pour me défendre, je me disais que la douleur allait passer, que ça ne durerait pas longtemps car le père Matuchet s'essoufflait vite. Je me racontais toutes sortes d'histoires jolies dans ma tête, inventais des forêts immenses où je marchais entre les arbres et la fougère, des plages désertes où je laissais mes empreintes dans le sable, vite effacées par la mer, des déserts orangés aux dunes infinies où je glissais en riant. J'avais troqué cette souffrance pour une fenêtre par laquelle je m'évadais. Tu répétais que ce porc allait payer pour ce qu'il me faisait. Sœur Clarence, à ta demande, nous a rendu visite, mais la mère m'avait enfermé ce jour-là dans ma chambre, à cause d'une prétendue varicelle, et sœur Clarence n'a pas osé en franchir le seuil. La maison était coquette, bien entretenue par la vieille, qui avait préparé un cake au citron pour la religieuse. Sœur Clarence est repartie avec une bonne impression, habituée à tes mensonges, et n'est jamais revenue malgré ses promesses. Ici, à Key West, je déambule de la plage aux quais pour assister aux couchers de soleil. Je ne pense ni à Igor, ni à Lupita, ni à mes enfants. Encore moins à toi. Je me sens seul, perdu au milieu d'une foule anonyme. Je suis heureux. J'ai toujours fui les responsabilités, je ne suis pas ton « frère » pour rien.

Personne ne sait tourner la page comme nous. S'il te plaît, cesse de me chercher, ou je fuirai jusqu'à la fin de mes jours. J'ai toujours eu peur de toi, et tu sais pourquoi. Laisse-moi tranquille, oublie-moi. Cela ne devrait pas être difficile au pays des stars. Tu es née pour ce métier, tu n'as jamais su être toi.

Ben Turner

Je n'en reviens pas qu'il ait signé cette lettre sous son nom d'homme marié. Ben aurait largement suffi. Ses phrases sont d'une cruauté inimaginable. Si je suis née pour le métier d'actrice, mon frère, lui, a vécu sa vie pour me fuir, et oublier combien nous étions proches enfants, puis adolescents. Je sais que Pierre nous a séparés. Nous sommes tous deux tombés amoureux de notre logeur, la belle affaire ! Ça et d'autres choses dont je ne souhaite pas me souvenir. Si ma froideur indiffère dans ce milieu que je fuis, ma culpabilité à l'égard de Ben en étonnerait plus d'un. On ne répare pas ses erreurs, on ne revient pas sur le mal que l'on fait. Une vie ne suffirait pas pour que je me réconcilie avec mon frère.

La prochaine, peut-être ?

33

On ne peut pas faire ça

Je n'ai jamais oublié cette après-midi d'été où Pierre a cédé à mes avances. Je savais sa retenue liée à sa fiancée, que je connaissais à peine et pour laquelle je n'éprouvais aucun sentiment. J'étais certaine de la dépasser en bien des points, elle semblait si effacée, résignée d'avance, tandis que tout lui échappait, à commencer par le désir de Pierre à mon égard. N'importe quelle femme est capable de deviner pareille attirance, à l'exception de Louise, l'inexistante bonne de Madeleine. Nos gestes nous trahissaient, nous nous tournions autour, effleurions nos mains, nos épaules, nos regards étaient trop insistants pour ne pas exprimer ce que nous éprouvions l'un pour l'autre. L'absence de Louise, partie en voyage, a tout déclenché. Je me suis présentée à leur domicile, à peine vêtue, il faisait si chaud. Un bustier et un short laissant mon ventre et mes jambes nus, juste chaussée de sandales usées par la marche. J'avais relevé mes cheveux, épinglés sommairement par une broche volée. Pierre, surpris, m'a ouvert la porte et m'a laissée entrer sans dire un mot. J'ai vite fait le tour de leur petit appartement avant de m'échouer sur le lit, le regard au plafond. Je l'imaginais réticent, hésitant sur le seuil de leur chambre où j'avais pris place, offerte, insolente. Ce lit où ils s'étaient aimés, sans doute, mais pas assez pour empêcher Pierre de venir à moi. Il s'est assis au bord de la couche, puis, après quelques secondes silencieuses, il m'a demandé ce que je faisais là. J'ai soupiré, et me suis étirée comme un chat. J'ai tendu les bras, attendu qu'il s'y réfugie, mais il n'en a rien fait. Je me suis couchée sur le côté, prête à m'endormir, me demandant si c'était sa place ou celle de Louise. J'ai senti son corps se glisser contre moi, son bras s'enrouler par-dessus mon épaule en cherchant ma main.

— On ne peut pas faire ça, a-t-il murmuré à mon oreille.

Je me suis retournée vers lui, attrapant sa bouche comme une pêche bien juteuse que j'ai mordue à pleines dents.

— Ça, tu veux dire ?

La chair est faible. Les mains de Pierre se sont faites plus inquisitrices, m'ôtant mon bustier en un rien de temps. J'ai laissé son visage disparaître entre mes seins, tandis que je retirais mon short sous lequel je ne portais rien. Je le désirais follement, et, à voir son regard et à sentir ses mains sur moi, lui aussi. La chaleur de cet été retenait nos gestes, nos corps se confondaient l'un dans l'autre. Il était déjà en moi, je lui appartenais, à mon corps défendant. Personne n'appartient à personne. Nos bouches semblaient cousues l'une à l'autre, nos langues enfin se déliaient sans paroles. Elles exprimaient la passion, le désir trop longtemps contenu entre nous, ce tout qui nous liait l'un à l'autre, hors du manoir d'Outremont, de Louise, de nos vies qui reprendraient en nous séparant. Ce voleur a emporté avec lui les sentiments que je lui portais, ce que je n'ai plus jamais accepté après lui. J'avais oublié les conseils de sœur Clarence, comme ceux de Madeleine, et laissé Pierre prendre le dessus, me recouvrir de son ombre qui allait me suivre partout, où que j'aille. Moi, la guerrière froide, je venais de déposer les armes aux pieds du seul homme qui pourrait révéler mes failles.

34

Le beau visage de Pierre surgissant de ma mémoire

Ryan Miller m'attendait à LAX, l'aéroport de Los Angeles, en compagnie d'un assistant de la production à la blondeur insolente, Hayden, qui allait me servir de chauffeur et de guide dans cette ville tentaculaire du sud de la Californie. J'y avais séjourné jadis, à plusieurs reprises, afin de distraire un promoteur immobilier qui possédait un tiers de la ville, ainsi que l'un des membres fondateurs de Google. Je ne risquais pas de les croiser, le premier ayant succombé à une infection nosocomiale, le second à un accident de voiture dû aux nombreux nids-de-poule affleurant sur l'impressionnant réseau routier de la mégalopole. Ryan Miller, le front haut, le cheveu rare, portait un bonnet posé en arrière de sa tête et des lunettes roses légèrement teintées. Après m'avoir serrée contre lui brièvement, il m'accompagna jusqu'à une limousine crème qui se fondait dans le décor. La ville m'appartenait, tout comme Hayden et son sourire ravageur, à qui je demandais de m'arrêter à Venice avant de rejoindre la villa. Je voulais juste flâner quelques instants sur le *boardwalk*, la plage avec ses palmiers, et lorgner les boutiques de mode d'Abbot Kinney Boulevard. Ce quartier ainsi nommé d'après ce millionnaire excentrique, et bâti à l'image de sa ville italienne favorite : Venise. Hayden m'attendrait dans la voiture tandis que je disparaîtrais entre les anonymes, un ange parmi d'autres. Certes, ma combinaison Dior à l'imprimé multicolore détonnait avec la décontraction locale, mais au moins, ici, personne n'y prêterait attention.

Un trio de blondes hâlées en bikini m'a dépassée en rollers. Leurs longs cheveux ondulaient comme des brindilles enflammées au soleil californien. Sur la plage, un mannequin se laissait photographier, une brune ravissante en tunique noire, pieds nus dans une flaque d'eau. Elle penchait la tête, sa chevelure irradiait des reflets dorés qui surgissaient tel un ballet de lucioles. J'ai retiré mes escarpins, me suis avancée là où les vagues se meurent, le regard rivé à la ligne d'horizon, le beau visage de Pierre surgissant de ma mémoire.

Une jeune créature m'épiait quelques mètres plus loin. Ici, aux États-Unis, nul ne peut me reconnaître, à moins d'être français. Il m'a semblé qu'elle n'attendait qu'un signe pour s'approcher. Je l'ai ignorée en remontant la plage vers la voiture. Qu'elle soit fan ou journaliste, autant ne prendre aucun risque. Je lui trouvais la blondeur hitchcockienne d'une Tippi Hedren, légèrement égarée sur cette plage californienne, une étrangère au paradis. Elle paraissait hésitante, loin de ces femmes alanguies que j'avais étreintes autrefois, guerrières au repos qui m'auraient offert tout ce que je désirais si seulement je l'avais voulu. Mais je ne souhaitais aucun lien, affectif ou intéressé. J'aspirais à être libre, à n'être en rien ce bouclier que ces amazones porteraient comme un trophée. Je les aimais démunies, laissées nues, sans un seul attribut. Rien en elles ne les distinguait, si ce n'était parfois leur âge identifiable aux traits du visage, ces rides au coin des yeux, de la bouche, au cou qu'on dissimule avec l'âge sous un *snood*. Et dans ces lits souvent à baldaquin, dont la moustiquaire était balayée par la douce brise du dehors, je les aimais à l'abri de tout regard, tandis que j'entendais la mer au loin, et que nos corps roulaient dans ces draps blancs, pareils à l'écume des vagues qui s'échouent sur le rivage.

35

Un luxe que je ne peux pas m'offrir

J'ai décliné l'invitation à la soirée organisée par la production, où toute l'équipe du film et quelques sponsors seraient présents, prétextant une vilaine migraine avec tant de douceur que nul ne m'en a tenu rigueur. Je venais heureusement d'apprendre par Hayden la liste des invités, où figuraient trois clients de Madeleine, fréquentés de près jadis, à Long Island, Fairfield ou Salt Lake City. En vérité, j'avais besoin de m'isoler, loin de l'effervescence des plateaux et de ce tournage épuisant. Ces vieux amants d'une nuit, de toute façon, ne m'auraient pas reconnue. Je n'ai plus rien de Talia Thomas. Je suis devenue une actrice respectée, égérie de Dior, née sur le plateau du film *États généraux*, dans la fumée du cigare d'un producteur débauché. Qui pourrait un seul instant imaginer ce que j'ai vécu avant ? Ben peut-être, Pierre sûrement. Mais pas ces sponsors courtisés par le cinéma qui autrefois m'ont payée pour les aimer quelques heures. Enfin, c'est à Madeleine qu'ils ont réglé leur dû. Mon pourcentage, lui, n'a cessé de grimper avec les années. Je peux être dure en négociations. Les économistes et hommes d'affaires qui m'ont bookée ont su me prodiguer de nombreux conseils que je n'ai pas oubliés.

J'ai fait quelques emplettes sur Rodeo Drive, au bras de Nicole Kidman, dévalisant les boutiques fastueuses, tandis que Hayden rangeait les paquets à l'arrière de la limousine. Nous aurions pu être les meilleures amies du monde à une autre époque. Ma vie actuelle me l'interdit. L'amitié suppose échanges et confessions, un luxe que je ne peux pas m'offrir. À ce jeu dangereux, on finit toujours par se trahir, et je n'ai nullement l'intention d'en arriver là avec Nicole. Tout ce qu'il me reste à faire consiste à tenir des propos légers, drôles si possible, et à maintenir la distance, dédaignant cette soirée sponsorisée et toutes celles qui suivront. Tant pis si je passe pour une diva, j'ai suffisamment voyagé autour du monde, mes envies comme mes désirs ont tous été exaucés. Même Pierre, au temps de Paradis, est venu à moi, lors de deux après-midi tropicales, aussi troubles que notre attirance. Que pouvais-je espérer de mieux ? Des Régis, il y en a plein l'univers. Même si je l'ai choisi pour sa troublante ressemblance avec Pierre, il faut bien admettre qu'il me manque au moins une chose : l'amour ne fait pas partie de mon histoire. J'y ai renoncé pour un choix bien différent. Grâce, Paradis et Talia, qui vivent encore en moi, me soufflent, parfois, d'abandonner Belle Kaplan pour choisir une nouvelle vie. Mais je suis lasse des changements. L'héroïne d'*Inheritance Share* me suffit, le décor même, des plateaux de la Paramount à la rue de Furstemberg. À l'exception du premier homme, Austin Taylor, l'industriel à New York, d'Helena, de Devon Moore à San Francisco et d'Ethan Anderson dans les Keys, je n'ai que des bribes de souvenirs insignifiants. Madeleine a emporté avec elle toutes nos confidences, elles sont comme effacées de ma mémoire. J'ai fini par confondre corps et visages, qu'ils soient bien faits ou pas. Tous les palaces du monde se ressemblent. Les rues, les avenues, les gens. Si Pierre m'a longtemps accompagnée dans nos échanges, puis par son absence, je me suis détachée de lui aussi, comme ces vieilles photographies dont les couleurs finissent par pâlir. Du moins l'ai-je supposé à l'époque. Mais, contrairement à une flamme, l'amour ne s'éteint jamais vraiment.

36

Je lui trouvais un petit air de Paradis

Le dernier jour du tournage, toute l'équipe s'est réunie sous une tente aux rayures bleues et blanches, à l'écart de Melrose Avenue et de l'effervescence des studios de la Paramount. Une cantine chic sur gazon, les tables dressées au centre, ensevelies sous un enchevêtrement de fleurs blanches et de branchages tressés, des serveurs papillonnants, tenant haut leur plateau. Il m'était difficile d'y échapper, aussi ai-je fait une entrée remarquée, évitant le cocktail offert aux participants d'*Inheritance Share* sous une tente voisine, du plus infime stagiaire aux acteurs célèbres, dont les noms s'étaleront au générique selon l'ordre d'importance, lettrages dont les mesures seront négociées au millimètre entre le réalisateur, les producteurs et les stars de ce thriller esthétique. Pour ma part, je sais déjà que le nom de Belle Kaplan apparaîtra seul au générique, juste après ceux des acteurs principaux.

Une place de choix pour une étoile montante. Je n'en tire aucune gloire. Quand je me souviens d'où je viens, j'avoue que c'est assez burlesque.

Ryan Miller n'a pas d'égal pour filmer les actrices. J'ai apprécié sa patience et ses mille attentions, qui m'auraient presque fait me sentir comme une partie de cette famille cinématographique si je n'étais pas aussi farouchement attachée à mon indépendance. Je portais ce jour-là un pantalon ample en gabardine noire de chez Saint Laurent, un chemisier en popeline de coton blanc du même créateur, et aux pieds de magnifiques escarpins de chez Manolo Blahnik. Lunettes noires sur le nez, je me suis avancée d'un pas lent vers la table d'honneur, suivie de Hayden, chargé de m'éviter toute embrassade malencontreuse. Je n'ai jamais aimé ces effusions qui laissent des traînées de rouge à lèvres sur les joues. J'ai donc salué l'équipe à ma manière, d'un geste de ma main gantée, esquissant un sourire de façade à tous ceux qui souhaiteraient s'y soustraire. Donald Sutherland s'est levé de table, m'indiquant une place libre à côté de lui. J'ai cru déceler une urgence dans son regard, je ne me suis pas trompée : l'acteur de *Casanova* voulait à tout prix éviter la présence d'une des scénaristes du film, dont il avait pris soin de dissimuler le chevalet portant son nom. En prenant place, j'ai aussitôt reconnu la jeune femme qui m'observait sur la plage le jour de mon arrivée à LA, sa blondeur évanescente, ravissante. Elle répondait au prénom d'Ava, et s'était assise à la gauche de Donald. « Une journaliste de *Fatale* », avait ajouté mon voisin d'un ton las. Jusqu'ici, je les snobais superbement. Je la sentais sur ses gardes, me gratifiant toutefois d'un sourire avenant. Puis elle s'est légèrement tournée vers moi :

— *You are even more beautiful than I imagined. I'm sure your many admirers would love to know more about you. Me first, if I may*[1].

Si elle n'avait pas rougi en cet instant, je crois que j'aurais simplement détourné le regard et entamé une conversation avec Donald. Mais je lui trouvais un petit air de Paradis, aussi frontale, et une beauté naturelle qu'un certain nombre d'actrices pourraient lui envier.

J'ai hésité avant de lui répondre. Un temps suffisamment long pour la rendre nerveuse.

— *But honey, it's like following Ariadne's thread. In Greek mythology, it leads to the Minotaur. I don't want anyone to see the monster in me*[2].

1. — Vous êtes encore plus belle que je ne l'imaginais. Je suis certaine que vos nombreux admirateurs aimeraient en savoir davantage sur vous. Moi la première, si je peux me permettre.

2. — Mais, mon chou, c'est comme suivre le fil d'Ariane. Dans la mythologie grecque, il mène au Minotaure. Je ne tiens nullement à ce qu'on voie le monstre en moi.

Joaquin Phoenix et Ryan Miller ont ri, ainsi que tous ceux qui m'avaient entendue, sauf Ava. Je me suis penchée vers la journaliste, et j'ai posé ma main sur la sienne. Elle semblait soudain si proche :

— *If I ever agree to give an interview to a print journalist one day, it will be you. I suppose you already know Basile Delorme and Alice de Banville ? One of them will contact you. But I don't promise anything*[1].

1. — Si jamais j'accepte un jour de donner une interview à une journaliste de presse écrite, ce sera à vous. Je suppose que vous connaissez déjà Basile Delorme et Alice de Banville ? L'un d'eux vous contactera. Mais je ne promets rien.

37

Assise à côté de Clint Eastwood

San Francisco. Californie du Nord. Madeleine m'y a mandatée, à la rencontre d'un magnat du timeshare. *Un certain Devon Moore, qui a fait fortune sur ce principe assez simple : acheter un droit d'occupation temporaire et non un bien. Dans les années 1990, ce procédé était très à la mode. Acheter une maison pour deux semaines dans l'année revenait beaucoup moins cher que de l'acquérir. J'avais tout lu sur cette pratique immobilière, je n'ignorais rien de San Francisco sans y être allée. J'ai toujours aimé préparer mes voyages ainsi.*

Devon Moore s'était marié trois fois, choisissant ses épouses parmi les plus fortunées d'Amérique. Père de dix filles, toutes capricieuses, d'après mes lectures, qui, après leurs études bâclées, avaient choisi une retraite oisive, dilapidant la fortune familiale. Devon regrettait amèrement de ne pas avoir eu un seul fils. La chambre du Fairmont où m'attendait le richissime industriel donnait sur la baie de San Francisco. C'était un homme élégant, costume en flanelle bleu marine, la chevelure grisonnante, une chevalière au petit doigt de la main gauche, surmontée d'un blason en or jaune. Il ne s'est pas retourné immédiatement quand je suis entrée dans sa suite tandis qu'un garde du corps refermait la porte derrière moi. Devon regardait la baie. Une manière comme une autre de me faire attendre, de me signifier ma position. Il admirait en même temps le reflet que lui renvoyait la baie vitrée fermée : un homme qui savait prendre soin de lui. Il s'est retourné sans rien dire, m'a regardée d'un air satisfait, disant simplement « Shall we ? », *en accompagnant ces mots d'un geste de la main. Une Hyundai Veloster nous attendait à l'extérieur de l'hôtel Fairmont, conduite par l'homme à lunettes noires qui m'avait fait pénétrer dans la suite. Nous nous dirigions vers le San Francisco Maritime National Historical Park, où Devon Moore organisait un gala de charité dont les profits reviendraient à sa fondation. J'étais consciente que mon entrée serait remarquée par la haute société américaine, ses trois ex-épouses présentes, ses dix filles également, largement rétribuées pour leur présence, sous les lambris et les éclairages qui n'épargnent personne. Juste avant d'ouvrir le bal, Devon m'a montré l'*Eureka, *un ferry à vapeur de 1890, non sans fierté patriotique. Il semblait apprécier ma* présence. J'ai suivi des cours intensifs d'anglais en intégrant le manoir d'Outremont, je le parle couramment. Ainsi que six autres langues. J'ai appris à marcher en public, à sourire quand il le faut, cette foule ne m'impressionnait pas, ces gens n'étaient rien pour moi, je les aurais oubliés dès le lendemain. J'ai senti des centaines de regards posés sur moi qui tentaient de capter le mien, mais je ne voyais que Devon Moore qui m'a prise par le bras pour nous diriger jusqu'à l'estrade. Mon rôle pour l'instant s'arrêtait là. J'ai rejoint la table d'honneur, assise entre Clint Eastwood, né à San Francisco, et le directeur de l'université, que je me suis contentée de saluer, passant la soirée entre les œillades de Devon Moore, et Clint Eastwood que j'impressionnais par ma culture cinématographique. Les trois épouses de Devon sont venues l'une après l'autre saluer leur ex-époux. Les dix filles ont suivi comme un vol de moineaux affolés. Un prétexte comme un autre pour en savoir davantage sur moi. Elles tentaient toutes, mères et filles, de capter mon attention tandis qu'elles chuchotaient à l'oreille de Devon. Il m'est arrivé par la suite de revoir ce magnat du timeshare, dans des circonstances plus intimes. Je lui dois notamment d'avoir appelé ce producteur de cinéma pour m'engager. Devon Moore est un des rares hommes que j'ai réellement estimés. Même si mon statut d'escort-girl n'a pas toujours facilité *nos relations. Un homme qui paye est en droit d'attendre ce qu'il désire. C'est certainement à cause de ça qu'il me fallait une autre vie, loin de celle de Talia. Jamais je n'appartiendrais à un homme. Pas même à Pierre Lepage.*

38

Je me disais qu'il se rapprochait de Louise, plus raisonnable que moi

La première année, lorsque je rentrais à Montréal après ces voyages épuisants, j'appelais Pierre du manoir d'Outremont. Entendre sa voix suffisait à m'apaiser, à oublier ce que je venais de vivre. Je ne lui disais presque rien de ces éloignements, parlais du climat, des plantes ou de plages idylliques. Je ne pense pas qu'il ait été dupe de mon entrain, de cette fausse joie qui résonnait entre nous comme un piano désaccordé. Je savais qu'il n'avait pas oublié notre après-midi, celle durant laquelle il avait cédé à mes avances, tout en le regrettant. En parler à distance nous rapprochait l'un de l'autre, je suppose. Son désir, comme le mien, semblait plus fort que la raison. J'étais à l'entendre à la fois talentueuse, belle, et déraisonnable. Il me comparait à ces incendies qui ne s'éteignent jamais, détruisant derrière eux des hectares de forêt.

Pierre est le seul homme à connaître mes recoins les plus intimes, ce calme apparent derrière lequel il devine mes tourments. Il n'a pas su aimer Louise non plus, ne lui a jamais parlé de moi, mais les compagnes sont trop subtiles pour ne pas comprendre. J'avoue tout ignorer d'elle, Pierre ne m'a presque rien dit à son sujet. J'ai pourtant tenté d'en savoir davantage, mais un long silence s'ensuivait immanquablement. S'il acceptait parfois de répondre à mes appels, je le trouvais de plus en plus distant. Je me disais qu'il se rapprochait de Louise, plus raisonnable que moi. Qu'il lui ferait des enfants et finirait par m'oublier, repensant parfois à ces deux après-midi tumultueuses, dont les couleurs crépusculaires et l'émotion s'effaceraient avec le temps.

Je me souviens avoir glissé le long d'un mur, vêtue en duchesse de Polignac, un chapeau de paille orné de fleurs des champs sur la tête, le téléphone à la main, quand une voix enregistrée m'a annoncé que le numéro de Pierre Lepage n'était plus attribué. Comment pouvait-il me faire ça au moment où j'avais le plus besoin de lui ? Je me trouvais sur le tournage d'*États généraux*, prête à quitter ce milieu. Mais, sans lui, quel sens pourrais-je donner à ce probable succès ? Était-ce le prix à payer pour être une femme libre ? Une vie sans lui ? Et si je fuyais ce film, que me resterait-il de toutes ces années où je n'avais jamais cessé de penser au géant ? Basile Delorme est entré dans ma loge à cet instant et je me suis redressée d'un coup, en réajustant mon chapeau de paille. Pas question de laisser paraître ma détresse. Je lui ai même souri, ce qui ne m'arrive pas souvent. J'ai prétexté un mal de dos, rien de grave, qui m'obligeait à effectuer quelques exercices. Je l'ai suivi sur le plateau de Bry-sur-Marne, retrouvant ma reine, la rassurant sur son devenir, alors que dehors le peuple de France grondait sous les fenêtres du château. J'allais, comme Belle Kaplan, à l'échafaud, me rendant compte tardivement que la réalité rattrape la moindre fiction. Aussi inconsciente que la duchesse, je m'étais éloignée de Pierre, limitant nos entrevues à de simples appels puisqu'il avait fait le choix de ne plus me voir. Je n'ignorais rien de ses faiblesses, un seul rendez-vous me l'aurait rendu. Je haïssais sa vie, cette petite sotte insignifiante qu'il me préférait, à peine remarquée chez Madeleine, et dont je peinais à me rappeler les traits du visage. Comment pouvait-il se conduire ainsi, alors que nous étions faits l'un pour l'autre ? Je le savais. J'en étais certaine. Le Pierre que j'aimais ne pouvait pas finir sa vie avec Louise. Ou alors tout m'avait échappé depuis le début.

39

Le cou rendu aussi lisse qu'un miroir

Je m'appelais Talia Thomas quand Madeleine est morte. Pas une seule jouvencelle n'est venue à son enterrement. Seuls Louis Modesto et moi sommes restés sous la pluie tandis que le cercueil rejoignait les profondeurs de la terre, et qu'à la campagne mon géant épousait Louise. Plus d'un mois après, j'ai contacté Pierre qui a accepté de me revoir. Je n'en suis pas revenue. Louise était auprès de sa mère souffrante, en Gaspésie, à plus de mille kilomètres de Montréal. Depuis le mariage, Pierre s'était laissé pousser la barbe. Ça le vieillissait. Je me tenais droite, assise au bord du canapé, un sac de voyage posé à mes pieds. Mon abondante chevelure rousse encadrait l'ovale de ma frimousse, brillant à la lumière du jour, éclairant les mèches d'un feu naissant. Je portais encore le deuil de Madeleine, mes yeux humides faisaient couler mon maquillage. On aurait dit de la cendre sous mon regard gris. J'avais décidé de tout recommencer à Paris, où Chaïm

Haddad m'attendait. Pierre m'était indispensable, mais je savais que je le voyais peut-être pour la dernière fois.

Il me fallait changer d'identité pour fuir Montréal. M. Cheng n'a pas hésité à s'en charger, quand Pierre l'a joint au téléphone. J'avais opté pour Jade da Silva. Jade, car, selon la croyance indienne, cette pierre est censée éloigner les mauvais esprits. Da Silva, car cela évoquait en portugais le surnom de celui qui n'habite pas loin de la forêt. Toujours prête à fuir. J'ai emporté mon bagage dans la salle de bains. Ma crinière flamboyante a cédé à un brun auburn remonté au-dessus de la nuque, des yeux vert océan pour mieux éclairer mon regard. J'ai abandonné toutes les mèches rousses coupées délicatement au ciseau, une précision liée à la répétition de mes métamorphoses. Les cheveux courts délimitaient différemment mon visage, rehaussant mes pommettes. J'avais légèrement courbé mes cils, usé de Terracotta pour creuser mes joues, éclaircir mes tempes et l'arête du nez. Talia était devenue Jade. Je songeais à recourir à la chirurgie esthétique à Paris, afin de gommer ces premières rides au coin des lèvres et des yeux. Ce que j'ai fait plus tard, ainsi que pour le cou, rendu aussi lisse qu'un miroir.

Quand Pierre m'a prise par la main, je l'ai suivi sans un mot. Il m'a allongée sur son lit, a retiré mes vêtements et les siens en un temps record. Ce qui vous appartient n'a jamais la saveur de ce que l'on convoite. Aucune d'entre nous n'a résisté, ni Grâce, ni Paradis, ni Talia, ni Jade. Il nous possédait toutes. Il nous a aimées à l'unisson, épousant la colère d'un corps en furie, d'une orpheline aux doigts agiles, d'une professionnelle aux yeux encore humides, d'une future Parisienne qui lui échappait. Il semblait tout à moi, sans le moindre remords, cette fois-ci. Parce qu'il était marié dorénavant ? L'air du dehors, encore chaud, s'engouffrait par la seule fenêtre ouverte. Le corps de Pierre, en sueur, le mien sensible à son toucher, nous étions le mal incarné, le démon que mère Catherine voyait autrefois en moi. J'aurais voulu en cet instant arrêter le temps, mettre nos émois sur pause, observer le visage immobile de Pierre au-dessus du mien, s'apprêtant à s'approcher de moi, de nos bouches folles se cherchant éternellement. Jamais je n'ai ressenti un tel plaisir entre les bras d'un homme. Seul Pierre est capable de m'émouvoir, de m'attendrir, d'ouvrir en moi toutes sortes d'émotions contradictoires que sœur Clarence et Madeleine ne m'ont pas enseignées. J'aurais voulu que Pierre me suive en France, je me fichais bien qu'il soit l'époux de Louise. J'aurais tout abandonné pour lui. Mais il m'a laissée partir. Je me suis toujours sentie nue avec Pierre, dépouillée de tout ce qui ferait plus tard de moi une star de cinéma.

Et j'ai toujours gardé en moi le souvenir de ces deux après-midi, si incandescentes que la moindre étincelle rallume en moi un trouble des plus déconcertants. Je ne cesse de me persuader que tout cela n'a jamais eu lieu.

40

Un chagrin si contenu que je n'arrivais presque plus à respirer

C'est à Paris, dans le taxi qui me ramenait chez moi, que Basile m'a parlé de la troisième lettre anonyme.

Tu vas payer pour toutes tes erreurs, Jade.

Que pouvais-je faire, sinon espérer que le seul but de ce maître chanteur était de m'effrayer ? J'ai toutefois demandé à Basile d'appeler la police pour renforcer la sécurité rue de Furstemberg. Jade était morte dès mon premier tournage, nul ne la connaissait à Paris à part Chaïm Haddad, décédé depuis. Quant à Montréal, qui s'y souviendrait de moi ? Les filles aujourd'hui dispersées sur le globe ? Aucune ne ferait le rapprochement avec Belle Kaplan. L'une d'entre elles me jalousait encore sans doute, mais je ne la craignais pas plus qu'une vague relation croisée jadis sans que je la remarque, comme des centaines d'autres. Nulle attache suffisamment intime n'aurait pu me trahir. Pierre, après la naissance de Jade da Silva, n'existait que dans mon souvenir. J'avais obtenu ce que je voulais, le succès, la célébrité, mais l'homme que je désirais le plus au monde semblait incapable de m'aimer pour mon statut de fugitive. Un miroir aux multiples identités dont il n'avait finalement choisi que celle de Paradis. Cette gamine, elle aussi, s'était effacée, comme les traces de pas sous les vagues, je n'avais plus rien d'elle. Mes colères, domptées, se dispersaient telles des cendres au-dessus du fleuve Saint-Laurent et de la rivière des Outaouais. Et si parfois la panique me gagnait encore, j'avais appris à l'infléchir.

Alors que je rentrais de Los Angeles, sachant intuitivement que le film serait un triomphe, j'aurais tout donné pour une nuit avec Pierre. J'ai essayé de l'oublier, en vain, mais il faut croire que les nombreuses étreintes de Talia Thomas l'ont fait ressurgir du passé, tout comme Belle Kaplan, voyant en Régis le double de Pierre. Les hommes passés entre mes bras auraient dû chasser le géant de ma mémoire, mais leur poids me rappelait ce que je devais supporter au fil des ans : le souvenir d'un homme qui en a choisi une autre, déjà fiancé lors de notre rencontre, probablement père depuis, qui se souvient peut-être de moi, ou non.

Je ne voyais pas qui à Montréal aurait pu me donner son nouveau numéro. En vérité, Pierre me manquait cruellement. Je pensais plus souvent à lui que je ne voulais bien l'admettre. Il était ma seule faiblesse, dans une vie où j'avais réussi à surmonter tous les obstacles. Il m'arrivait de toucher mes lèvres, de ressentir encore ses baisers, de disparaître dans le sofa, avant de pleurer des larmes amères, pleines d'un chagrin si contenu que je n'arrivais presque plus à respirer.

Jamais je n'aurais imaginé, en émergeant du taxi, ma valise à la main, qu'il serait là, adossé au mur, fumant une cigarette, le visage glabre, les yeux au ciel, perdus dans une nuit étoilée. Mes pas se sont faits hésitants, tout mon corps s'est mis à trembler. J'ai voulu l'appeler, mais ma voix s'y est refusée. J'ai pensé brièvement à Ben, au matin de juillet où je m'étais cognée contre ce géant. Je ne valais guère mieux qu'un chaton à cette heure tardive de la soirée. Je ne fuyais pas. Je me dirigeais droit vers mon destin.

41

Puis elle a ouvert la porte aux chiens

Je n'en reviens pas que Pierre soit assis dans mon canapé, ses jambes repliées sous lui, un verre de whisky à la main. Nous deux réunis dans la même pièce après tant d'années. Bien sûr, il a vieilli, quelques pattes d'oie sont apparues au coin de son regard azur : probablement le reflet de ses peines dont j'ignore tout. Ses cheveux se sont éclaircis, parcourus de fils d'argent qui lui confèrent l'allure de la sagesse. Sentir sa présence m'apaise malgré ce qu'il est venu me dire. Toute ma vie, j'ai ignoré Louise, son épouse, la bonne insignifiante de Madeleine, c'est à peine si je lui ai adressé la parole. J'apprends que j'ai détruit sa vie, que j'ai fait de son quotidien un enfer, alors qu'elle était fiancée à Pierre, puis au service de Madeleine, engagée sur recommandation du géant. Louise n'était pas aussi naïve que je l'imaginais alors, elle a vite compris ce qui se tramait sous ce toit. Les protégées de Madeleine éprouvaient une certaine compassion envers la petite bonne qui réparait volontiers les accrocs de leurs robes et leur confectionnait des écharpes en laine que ces frileuses portaient comme des trophées dans l'hiver glacial de Montréal. Louise en a consolé plus d'une, surtout quand les clients s'étaient montrés violents. Un seul homme lui suffisait, le sien, doux et attentionné, pas le genre à lever la main sur elle. Elle savait qu'il volait des bijoux dans la rue, mais cela leur permettait de s'offrir de belles échappées dans les Cantons-de-l'Est avec leurs jolis chalets en bois, le lac aux couleurs changeantes, et les enseignes des magasins qui se balançaient dans le vent. Quand Pierre lui a annoncé avoir recueilli une jeune adolescente et son frère qui vivaient à la rue, elle a trouvé son geste noble, jusqu'à ce qu'elle me rencontre. Mon air crâneur, mon regard trop insistant, ma dégaine, tout lui a déplu en moi. Les nuits qui ont suivi, Louise a eu un mal fou à trouver le sommeil.

— Elle ne pensait qu'à toi, me dit Pierre. Elle revoyait sans cesse ta façon de la défier, de la détailler de la tête aux pieds en souriant.

Plus elle m'évitait, plus je passais du temps en compagnie de Pierre qu'elle voyait moins. Elle ne songeait pas à se quereller avec lui, aussi s'abstenait-elle de lui donner son avis sur « cette fauteuse de troubles » qu'elle aurait bien renvoyée à la rue. À l'inverse, Louise aimait bien Ben, son silence lui faisait de la peine. Plus d'une fois, elle s'était demandé si je n'en étais pas responsable. Le soir venu, elle se sentait rejetée, abandonnée par Pierre. Elle ne m'en détestait que davantage.

— Louise en venait à féliciter cette mère qui ne t'a pas reconnue. Et puis tu es apparue un jour chez Madeleine qui a fait de toi sa préférée. Les filles te jalousaient, tu prenais les meilleurs contrats. « Une femme qui change autant d'identité n'inspire pas confiance », m'a souvent répété Louise. Tout cela est ma faute, Paradis. Je ne l'ai pas soutenue une seule fois.

Quand j'ai fait boire un laxatif au troupeau de Madeleine, réduit en poudre dans les cocktails fruités du samedi, Louise s'est empressée de l'apprendre aux filles en espérant qu'elles se plaindraient auprès de Madeleine. Mais mon geste les avait plutôt effrayées, aucune d'entre elles ne m'a cherché querelle. Louise en voulait beaucoup à Madeleine, ce vieux bouddha s'assoupissant pour un rien. Elle a imaginé que cette vieille guenon, une fois morte, causerait ma perte. Louise a profité du service de ses repas pour lui faire absorber des anticoagulants jusqu'à ce qu'elle en crève, une nuit où tous les domestiques avaient quitté leur service. Elle avait lu dans un magazine de santé que la prise d'antivitamines K (un anticoagulant aux puissants effets secondaires) devait être surveillée en cas d'arythmie cardiaque doublée d'une bronchite chronique. Elle n'a eu aucun mal à falsifier une ordonnance, bernant la pharmacienne trop débordée pour s'en inquiéter ou s'en souvenir. Puis elle a ouvert la porte aux chiens, les libérant de toute emprise. Si ma fuite lui a rendu Pierre, Louise l'a payé au centuple en perdant son premier fils.

— Louise a toujours cru que c'était ta faute. Même à distance, tu la narguais encore, la récurant de l'intérieur par tes pensées les plus sombres. Elle t'a haïe profondément, te rendant seule responsable de tous ses malheurs.

Mon corps s'est affaissé sur le canapé tandis que je découvrais que Louise avait assassiné Madeleine. Toutes ces preuves figuraient dans un carton ouvert par Pierre, et personne n'en avait jamais rien su, ni même envisagé le meurtre de l'entremetteuse jusqu'à aujourd'hui. Jamais je n'aurais soupçonné Louise, la bonne à tout faire, qui nous avait si bien bernés.

42

L'incroyable étourderie de Louise

C'est lors de son déménagement que Pierre s'était rendu compte de l'incroyable étourderie de Louise. Un carton étiqueté à son nom mais appartenant à sa femme venait de lui être livré à Paris. Une erreur due certainement à la hâte de leur séparation et à l'état dépressif de Louise, qui lui faisait tout oublier. Pierre était sur le point de lui renvoyer le colis, quand plusieurs photographies de Talia Thomas avaient glissé d'une enveloppe mal fermée. Et ce qu'il tenait entre ses mains l'avait fait pâlir. Elles semblaient surgir d'une vidéo, le grain mat, clichés noir et blanc où Talia exerçait ses talents tarifés. Les clients, facilement identifiables, fixaient la caméra, légèrement surpris, à moins qu'ils ne retiennent simplement leur désir. Cela perturbait Pierre, même s'il savait ce que Madeleine avait fait de moi ; le voir de ses propres yeux était autre chose. Ces images d'un plaisir payé à l'heure étaient entrées en lui comme un poison. Elles abîmaient l'image du chaton qui s'était cogné contre lui des années plus tôt.

Le contenu du carton allait révéler bien pire : du dossier d'admission à l'orphelinat Sainte-Croix des Enfants de Montréal, avec de rares photographies sépia de Grâce et de Ben fixant l'objectif avec ennui, jusqu'à la ferme des Matuchet, tout mon parcours y figurait. Chaque photo avait été annotée, lieu et date, d'une écriture si serrée qu'il reconnaissait facilement celle de Louise. D'autres instantanés me montraient dérobant un collier au cou d'une gracieuse, ou la montre d'un homme pressé. Des clichés nous captaient, Madeleine et moi, riant aux éclats sur le lit. Si les égarements de Louise n'étaient pas un secret pour Pierre, ce qu'il avait découvert au fur à mesure des photos l'anéantissait. Jamais il n'aurait imaginé que son ex-femme soit prisonnière d'une telle obsession. Avec ce que contenait ce carton, Louise pouvait mettre fin à ma carrière et m'envoyer en prison. Ce que nous avions du mal à comprendre, c'est qu'elle ait pu laisser ce carton lui échapper. Il nous suffisait d'en brûler le contenu pour que sa vengeance se dérobe. À moins, bien sûr, qu'elle ne possède un double de ces preuves. Savait-elle ce que nous avions été l'un à l'autre ? J'ai profité de l'occasion pour faire lire au géant les lettres anonymes. Pierre a aussitôt reconnu l'écriture de Louise sur les enveloppes. Comment avait-elle pu être aussi approximative, avec ce carton et son écriture si facilement identifiable ?

J'imaginais même que Louis Modesto s'en était rendu compte au moment où je lui avais tendu l'enveloppe du maître chanteur. Que l'expression étrange que j'avais notée dans son regard avait un rapport avec ça, et pas avec son AVC. Quant à la poste du Louvre, elle se trouvait à deux pas de la nouvelle adresse parisienne de Louise, remariée depuis avec un magicien dont elle avait soigné le père des années durant. Pierre pensait même à une sorte d'association entre le vieux et sa belle-fille, l'air ingénu du prestidigitateur ne trompant personne. Louise hérita d'ailleurs de cet homme d'affaires qui s'était débrouillé pour ne rien laisser à son fils unique.

43

Ce petit ourson doit vieillir loin de Grâce

Le contenu de ce carton m'a fait réfléchir. Je ne crains pas Louise ni sa folie, mais il est temps d'envisager un nouveau changement. Et cette fois-ci, avec Pierre. Nous n'avons rien à perdre, bien au contraire, je suis suffisamment riche pour pouvoir disparaître à ma guise. *Inheritance Share* pourra se passer de ma traditionnelle prestation au journal de 20 heures. Mon éloignement suffira à faire de cette production un véritable succès. Bien sûr, je ne peux retourner ni à Montréal ni aux États-Unis. L'Italie me tente beaucoup. M. Cheng va nous procurer de nouvelles identités et les papiers adéquats. Nous serons mari et femme, sans l'être réellement. J'ai laissé Pierre choisir : nous répondrons aux noms de Roxane et Antoine Le Guay. Ma septième vie peut commencer. Je vais me couper les cheveux à la garçonne, les teindre en blond. Il nous faudra un compte bancaire, de nouvelles cartes de crédit, acheter une maison. M. Cheng y pourvoira, je lui fais confiance, ses connexions semblent aussi tentaculaires que les pieuvres du Pacifique. C'est lui, bien sûr, qui a donné mon adresse à Pierre. Je ferai un virement conséquent à Alice de Banville, même chose à Basile Delorme, pour qu'ils me pardonnent ma fuite à l'anglaise. Je préviendrai Ben et le détective. J'ai demandé à Pierre de s'installer chez moi, prétextant l'étrangeté inquiétante de son ex-épouse. Les hommes adorent être protecteurs, cela renforce leur masculinité. Et même si je veux bouleverser ma vie, je tiens à garder ma liberté durement acquise. La vie à deux est exquise en pensée, mais je n'ai pas la moindre idée de ce qu'elle donnera dans la durée. J'ai connu beaucoup d'hommes dans mon existence, quelques épouses aussi, je suis lasse d'aimer sans le moindre sentiment. Le seul être auquel je tiens, c'est lui, le géant. Depuis l'apparition de Paradis. Inconditionnellement. Peu importe que ses cheveux aient blanchi. Même si fleuves et rivières ont charrié les années et la boue, je suis restée aussi droite qu'un phare en pleine tempête.

La vie n'a pas été douce envers moi, ni avec Pierre ou Ben. Ce petit ourson doit vieillir loin de Grâce. J'ai défié sa méfiance envers moi dès l'orphelinat. Je voulais un frère, à défaut d'avoir une mère, je l'ai désigné du haut de ma détresse sans me soucier de son avis. Quand Talia lui a rendu visite à Coral Gables, j'ai bien senti que je n'étais pas la bienvenue. Ce ne sont pas des choses qui s'expliquent. Entre Ben et moi se sont dressés les Matuchet, et Pierre. J'ai toujours su que je pouvais semer une envie, puis la faire grandir sans avoir à endosser la responsabilité de ce qui suivrait. Ce que j'ai imaginé avec Ben, afin qu'il supprime les Matuchet. Je ne me salis jamais les mains. Si ce couple atroce méritait de trépasser avant l'heure, j'ai conscience de ne pas être Dieu, ce n'est pas à moi d'abréger la vie de ceux qui entravent la mienne. Pourtant ce Dieu a fait de moi une orpheline. Je ne lui dois rien. Une fois installée en Italie, j'inviterais peut-être Ben. Rien n'est moins sûr, je sais qu'il éprouvait pour Pierre une certaine attirance. J'étais là, à quelques mètres de l'escalier quand il a réussi à lui dire qu'il l'aimait. Cela m'a laissée… sans voix, moi aussi.

Quant à Julian, je lui offrirai de quoi s'acheter cette maison dans le Sud dont il rêve depuis toujours. Cet homme est si intègre qu'il a mérité une retraite joyeuse et au soleil, en famille. Si Pierre, pour l'instant, a choisi de dormir dans la chambre d'amis, je compte bien le faire changer d'avis. Rien ne presse. Sa présence, seule, me rappelle mes années d'adolescence, quand mes colères cédaient peu à peu devant l'affection grandissante que je lui portais. L'amour affranchit des pires fracas. J'en suis la preuve.

44

L'inéluctable remplace le hasard

J'ai reçu une deuxième lettre de Ben au courrier du matin.

Le jardin de cette pension à Key West déborde de plantes exotiques. On y trouve des phoenix, palmiers reposant sur un tronc court semblable à un gros ananas, des fougères Adiantum hispidulum, en forme de diamant ou d'éventail, au feuillage vert foncé teinté de rose, des hibiscus aux fleurs géantes et éphémères, des marguerites africaines aux longs pétales roses, fins et détachés, qui s'inclinent lorsqu'ils ont besoin d'eau, des moustaches de chat, blanches puis violacées, aux étamines grêles et allongées, dont les feuilles ont un goût de menthe. Ce lieu me fait penser à la langueur de notre existence avant que nos chemins se séparent. Te voir au lit avec Pierre m'a anéanti. La porte n'était pas fermée, je l'ai poussée pour passer un moment en sa compagnic. J'ai senti mon cœur cogner dans ma poitrine, puis j'ai couru vers une terrasse de café où j'ai rencontré Igor. Le hasard est un leurre, il n'est que le résultat de nos actes.

Peu après, j'ai accepté de suivre cet inconnu en Floride, loin de tous mes repères. Loin de Pierre qui m'avait soigné comme l'animal blessé que j'étais en entrant dans sa vie. Loin de toi, Paradis, qui seule savait bien pourquoi la parole se faisait muette en moi. Peut-être même que je la recouvrerai un jour. Comme ces mots que je retenais depuis notre séjour chez les Matuchet, cette famille adoptive qui ne nous a rien donné, mais tout pris. Au cours des deux semaines qui ont suivi, j'ai passé presque tout mon temps avec Igor. Je découvrais ce dont j'étais capable, tandis que tu te cognais à tous les meubles, pareille à un insecte qui cherche à sortir d'une pièce, ne trouvant pas le chemin vers la fenêtre ouverte. Pierre ne voulait plus de toi, moi non plus. J'explorais mon amant qui m'écrivait des sottises sur le carnet qui ne le quittait jamais. Je n'essayais même pas de te consoler, tu étais trop désespérée. Tu restais immobile des journées entières, comme ces fleurs qui résistent à toutes les tempêtes et fleurissent même en hiver. Pierre passait la plupart de ses nuits chez Louise, la maison devenait celle des courants d'air et du désastre imminent. Curieusement, cela n'a provoqué en toi nulle colère ou rancœur. Tu t'étendais, du canapé au lit, du sol à la baignoire. Ton corps aussi tendu qu'un arc, prêt à se briser comme du verre. Je t'ai aperçue un jour de remords, sans m'attarder davantage.

Vient un moment où tout bascule. L'inéluctable remplace le hasard. Je venais d'accepter la proposition d'Igor qui s'est chargé de me procurer un passeport au nom de Ben Faraday. Je l'ai encore avec moi. L'appartement de Pierre était désert, toi absente. J'ai fait mon sac, emportant toutes mes affaires. Je n'ai laissé aucun mot, juste les clés, déposées sur son lit. Et j'ai quitté Montréal pour la Floride. Je n'ai découvert Talia Thomas que des années plus tard, alors que nous avions déjà adopté Honey, Su, et Cong. Talia n'avait rien à voir avec Paradis. Plus mature, éclatante, aussi calme qu'un bouddhiste peut l'être. Je ne cherche pas à te connaître sous le nom de Belle Kaplan. J'ai vu tes films, ça me suffit. À l'orphelinat, tu avais déjà le don de te métamorphoser, tu te grimais le visage, te teignais les cheveux avec du café, du jus de carotte ou de betterave. Tu riais puis pleurais d'un même emportement. Tes humeurs faisaient fuir les autres enfants, ta gentillesse les rassemblait. Paradis a fait voler nos vies en éclat. Je savais qu'un grand avenir t'attendait, je l'ai deviné quand tu nous as rendu visite à

Coral Gables. Mais il n'était pas question que j'en fasse partie. Tout ce que je veux, c'est sortir de ta vie. J'ai téléphoné à Igor pour lui dire que je rentrais. Jamais je n'ai été aussi vite pardonné de toutes mes erreurs. Mon instinct, à Montréal, ne m'avait pas trompé. Tout individu recèle en lui une part de mystère. Celle d'Igor repose sur des bases solides, une famille aimante, un parcours irréprochable, peu d'hommes avant moi, et ce désir de réparer tout ce qui s'est brisé en moi. Pourquoi Igor me vénère-t-il à ce point ? Je l'ignore, mais je reviens toujours vers lui, quoi que je fasse. Peut-être ai-je essayé de repousser les limites pour voir si cet amour tiendrait avec le temps ? Je l'ai trompé maintes fois, laissant sciemment derrière moi des preuves accablantes de mes forfaits.

J'ai épousé Lupita et bien d'autres encore, faisant de moi un fugitif aux identités multiples, réduisant les tiennes à un banal fait divers. Sous prétexte que nous avons été abandonnés par nos mères, il nous faut plusieurs existences pour expier la seule qui nous a été refusée. Nous nous ressemblons trop pour que je recherche en toi l'alliée. Je ne crains plus tes colères, elles se sont arrêtées d'un coup, à croire que tu peux guérir de tout. Je crois qu'Igor t'a appréciée lors de ta visite impromptue, il a dû voir en toi ma sœur de cavale qui détenait les pièces manquantes de son puzzle. Si ton apparition m'a stupéfait, te voir t'immiscer dans ma vie m'a déplu. Quel que soit ton nom du moment, tu as pris une aisance à te fondre dans le décor proche de celle du caméléon. Rien en toi n'est une faute de goût. Ni tes vêtements empruntés à la haute couture, bien loin des fripe-ries de Montréal, ni ton rire aussi frais qu'une cascade, ni la manière dont tu t'assieds, une jambe repliée sur l'autre, ni tes bras recouverts de montres et de bracelets, ultime hommage à Pierre quand tu étais encore son élève.

Ce géant est sorti de nos vies aussi vite qu'il y est entré. Il m'arrive de penser à lui, à l'escalier de Ville-Marie où je lui ai dit, non sans mal, que je l'aimais. Jamais un homme n'a été aussi doux avec moi, en dehors d'Igor. Sans les Matuchet, j'aurais pu être quelqu'un de normal. Mais j'ai perdu l'usage de la parole, et ce goût immodéré de la vie. Tu me le rappelles sans cesse, comme si rien ne t'atteignait, toi qui sais escalader les montagnes sans jamais faillir. Je déteste ta perfection. Ta seule faille, c'est Pierre. Il suffit d'évoquer son nom pour voir pâlir tes beaux yeux gris. C'est le seul moyen de t'atteindre. Je n'ai aimé qu'une facette de cette "sœur" lointaine, celle qui finalement te rendait humaine, ta tristesse, à défaut de tes tempêtes anciennes. Je savoure ton chagrin qui finira par t'abîmer. La chirurgie n'y pourra rien. Elle achèvera le tout au scalpel, figeant ton visage sans la moindre expression. La beauté n'a rien d'éternel.

Ben Turner

Je l'ai montrée à Pierre, anéantie. Je m'en remets à lui maintenant. Il est temps de réparer toutes ces injustices. Changer d'identité une dernière fois, fuir avec Pierre. Que la vie me rende mon amour d'autrefois est bien suffisant pour que tout le reste s'effondre comme un château de cartes. Je me rends compte à quel point j'ai heurté la sensibilité de Ben et fait de la vie de Louise un enfer indescriptible. Elle a tué Madeleine ! Je n'en reviens pas. Cette petite bonne qui me paraissait une figurante dans le film de mon existence, une silhouette à peine esquissée, est un monstre, et je n'en ai rien vu. Il ne faut pas oublier qu'elle nous veut du mal et qu'il faut se méfier de son apparente invisibilité, car son ombre ne cesse de grandir en nous rattrapant.

45

Y vivre serait d'un ennui mortel

Je n'ai pas dit à Ben, ni à Igor, que je venais de passer la nuit à Key Biscayne, dans les Upper Keys, avant de les rejoindre. Après tout, ils ignorent tout de mon passé avec Madeleine. Cette île reliée à Miami par une route sur pilotis est charmante, et recèle quelques maisons divines où des célébrités résident parfois. Quelques milliardaires aussi, à la recherche de la tranquillité toute relative au lendemain des tempêtes qui n'épargnent aucune plage. J'en ai fait l'expérience avec Ethan Anderson, propriétaire de plusieurs hôtels luxueux qui l'ont rendu assez riche pour s'offrir quelques îles aux Keys.

Si certaines fortunes sont indécentes à travers le monde, elles ne m'ont jamais impressionnée pour autant. Certes, le confort qu'elles procurent est grisant à vivre, un peu comme un séjour de rêve dans les Cyclades avec Helena, ou dans cette villa coloniale espagnole reproduisant, à quelques excentricités près, la demeure d'Ernest Hemingway à Key West qu'Ethan appelle Papa comme n'importe quelle personne sur l'île. Ethan Anderson est le dernier client que Madeleine m'ait choisi avant de mourir, avant que Talia ne devienne Jade et que je me retrouve dans les bras de Pierre. Que je me décide à revoir Ben. Jamais un séjour ne m'a paru aussi divin, au point que j'aurais pu baisser la garde. Me réjouir de ces longues promenades sur les plages désertes de Key Biscayne près d'Ethan. Un amant merveilleux, un client en tout point parfait. C'est peut-être ce qui m'a incitée à tout arrêter. La mort de Madeleine a évidemment été un accélérateur. Mais je dois à ce gentleman d'avoir clos la longue liste de mes clients. Pourtant, pas une seule fois il n'y a fait allusion. Je crois même qu'il aurait été heureux de me revoir, ce que je n'ai jamais accepté pour aucun client, en dehors de Chaïm Haddad, et de Devon Moore, dont les conseils éclairés ont fait de moi une star du cinéma et une femme avisée. J'aurais pu rester avec Ethan Anderson, un choix de vie somme toute agréable, dans ce détroit de Floride qui relie l'océan Atlantique au golfe du Mexique. Mais je ne suis pas vraiment douée pour me faire des amies ni pour paresser. Si nous apprécions autant nos séjours dans des lieux paradisiaques, c'est parce qu'ils sont brefs. Y vivre serait d'un ennui mortel.

J'ai rejoint Ben en prétextant que je venais du comté d'Orange, invitée par un magnat de la presse dont l'odeur des cigares au petit-déjeuner me soulevait le cœur. Je l'avais plutôt léger, ce cœur, en franchissant le seuil de la maison d'Igor à Coral Gables, m'installant à l'ombre sur la terrasse, entre ces immenses sculptures de James Colomina, relevant les manches de mon chemisier, faisant surgir bien malgré moi mes dizaines de bracelets et montres glissant jusqu'au coude. J'ai tout de suite senti Ben sur ses gardes. J'avais gagné en assurance depuis Montréal ; lui avait toujours ce visage fermé, quasi inexpressif, se refusant à sourire, la bouche close. Nous nous exprimions par signes pour des phrases plutôt banales et décevantes. Mais l'agitation de nos mains, effleurant nos faces, nez, lèvres, torses dans l'air ambiant si lourd, signifiait tout le contraire, une sorte de conspiration moite, aussi agile qu'une envolée de papillons trop longtemps retenus sous un voile sombre. Leurs ailes dansaient dans la lumière du jour. Je ne pouvais m'empêcher de ressentir un pincement au cœur pour Ben, ce fil qu'il me faudrait rompre un jour, afin d'être totalement heureuse. Je l'ai trop approchée dans ma vie pour savoir que la simplicité est déterminante, qu'elle est le seul but à atteindre réellement, loin du fracas du monde.

46

La rondeur de ses seins écrasés contre la vitre

Louise a surpris Pierre alors qu'il composait le code d'entrée de l'immeuble, et lui a pointé un revolver dans le dos. Le géant a juste eu le temps de tourner la tête avant de reconnaître son ex-épouse au regard égaré et dur à la fois. Je suis apparue dans l'entrée de l'appartement, tandis que Louise poussait Pierre vers moi.

— Rendez-moi ce carton ! a-t-elle crié sans attendre.

— Mais, Louise, a répondu Pierre, nous avons brûlé tout ce que ce colis contenait. Tu as perdu. Et cesse de brandir cette arme, tu nous effraies.

Je lui ai moi-même montré les résidus, le tas de cendres qui témoignait encore de l'existence de ses preuves, avec, ici et là, de minuscules morceaux de pages écornées aux lettres illisibles. Louise n'a rien dit. Son visage décomposé signifiait qu'elle ne possédait aucun double. Elle a balayé la cendre de son arme, attrapant des bouts épars qui lui noircissaient les doigts. Puis elle a pris place sur le canapé, le revolver à la main, nous tenant à distance. Elle nous a regardés sans nous voir, l'air hagarde. Puis elle a jeté un coup d'œil sur l'appartement, avant de nous inviter du canon de son arme à nous asseoir face à elle. Elle paraissait sans âge, les cheveux longs et argentés, dans un ensemble défraîchi, de couleur parme, sur lequel était piquée une broche d'émeraude d'un vert translucide. La paire de Nike noires qu'elle avait aux pieds lui allait aussi bien que des escarpins à un montagnard.

— J'ai toujours eu le sentiment que tu m'avais épousée par défaut, Pierre. Comme si je n'étais à tes yeux qu'une femme superflue. C'est vrai que je ne détiens ni la grâce ni l'élégance de Belle. Avec le décès de mon deuxième enfant, j'ai perdu toute chance d'être à nouveau mère. Quelque chose en moi s'est brisé. Je pouvais rester des heures à ne rien faire. Il m'arrivait de te suivre par temps de neige ou de pluie sans même réaliser où mes pas me menaient. Je t'ai menti quand je t'ai dit que j'allais en Gaspésie, ma mère était décédée depuis un moment déjà, mais je ne t'en avais rien dit. J'ai aperçu Paradis, ou plutôt la rondeur de ses seins écrasés contre la vitre, et toi contre elle. Je vous ai maudits, j'ai espéré vous voir crever. Après la mort de Madeleine, j'ai trouvé un emploi chez un vieil aristocrate quasi aveugle, dont j'ai épousé le fils un peu plus tard, par intérêt. J'ai toujours gardé contact avec certaines belles-de-jour. L'une d'entre elles est mariée à un procureur très influent à Montréal. L'idée de se venger de toi ne lui a pas déplu, Belle, surtout après tous tes succès. Un assistant du mari s'est chargé de tout récupérer, de Grâce à l'actrice. J'ai envoyé cet assesseur à l'orphelinat Sainte-Croix des Enfants de Montréal, dans la campagne givrée de Chambly, auprès de ces hôtels disparates à Montréal, à New York et ailleurs, ou tu exerçais tes amours tarifées. Tout s'achète, même les vidéos stockées à perte. Mon seul but est de détruire ta vie. J'ai su écouter aux portes, tes conversations avec Madeleine m'ont été très utiles. Cela a pris près de deux ans avant que le collaborateur ne nous remette son rapport. J'ai divorcé de Pierre, ne supportant plus ce que nous étions devenus l'un pour l'autre, deux étrangers hostiles. Les lettres anonymes m'ont fait le plus grand bien. Quand Louis Modesto m'a téléphoné de sa voix précieuse, me demandant de venir le voir à Montfermeil à propos de Talia, j'ai senti une menace dans sa voix. Il a commis l'erreur de me confier au téléphone qu'il avait reconnu mon écriture serrée sur l'enveloppe que tu lui avais montrée. J'ai réduit en poudre les décoctions d'*Aconitum napellus* conservées depuis notre voyage de noces avec Pierre dans les Alpes. Je les ai mélangées à son jus d'orange, le fixant en souriant. Cette plante est si toxique que le vieux domestique n'a pas tardé à porter la main à son cœur. Après son AVC, personne n'irait chercher plus loin.

— Tu as tué Louis aussi, dis-je d'une voix blanche.

Comment a-t-elle pu faire mourir des êtres aussi fragiles ? Cette femme est repoussante. Je n'ai même pas eu envie de rompre son soliloque tandis qu'elle nous faisait face, indifférente à sa logorrhée. Pierre n'ose pas me regarder, afin de ne pas aggraver son courroux à mon égard. Mais Louise ne m'effraie pas, elle est juste bonne à enfermer.

— J'ai commis une erreur impardonnable au cours du déménagement, alors que j'allais m'installer avec le magicien à Paris. Il ne sait rien de ma vie d'avant, je le manipule comme bon me semble. J'ai mal étiqueté le carton où j'avais entassé tous les indices, j'y ai inscrit ton nom, Pierre, alors que je pensais à toi. Tout semblait flotter autour de moi, un médecin m'avait à nouveau prescrit des antidépresseurs. Chacun de mes gestes me coûtait, je n'arrivais plus à me concentrer. Tu avais quitté Montréal pour Paris, il était trop tard pour intercepter ces preuves à ton insu. L'assesseur a trouvé ton adresse, Belle. J'imaginais sans peine y retrouver Pierre. Je n'ai pas l'intention de quitter les lieux avant de vous avoir tués l'un et l'autre. Vous avez fait de ma vie un enfer.

47

Tandis que la nuit tombe doucement sur nous

Je suis restée quasi silencieuse depuis l'apparition de Louise, je me tiens sur mes gardes, maîtrisant mes émotions. Je pense à ces hommes qui ont tenté de me faire du mal autrefois et qu'une pression de *dim mak* a réduits au silence. Ce monde est impitoyable, il faut savoir se défendre. Sans Liang, ce client rencontré à Taïwan, je n'y aurais jamais songé. C'est la première fois que je vais frapper une femme, ce dont je me suis toujours abstenue jusqu'ici, mais je ne peux pas laisser la situation dégénérer. Louise se lève du canapé, regarde distraitement quelques cadres où je pose avec les acteurs d'*Au loin les sirènes*. Je me lève plus souple qu'un félin et me précipite vers elle, levant la jambe suffisamment haut pour que le revolver s'échappe de sa main. Je rattrape l'arme et frappe Louise avec. Surprise, le visage endolori, Louise recule et perd l'équilibre, s'étalant de tout son poids sur la table en verre qui se brise aussitôt. Des dizaines de bouts de verre, comme d'infinis petits cristaux, s'éparpillent autour d'elle.

En tombant, la tête de Louise a heurté le coin de la table, un pignon en métal qui lui a fait perdre connaissance. Pierre se précipite à son chevet et prend son pouls au cou puis au poignet. Elle vit encore. Il n'est pas question de la garder plus longtemps chez moi. Je pars me changer et reviens en jogging, un bonnet enfoncé sur la tête jusqu'aux oreilles. Il faut conduire Louise à l'hôpital le plus proche sans tarder. Pierre est tétanisé par ce qui vient de se passer, je lui intime de se reprendre, ce n'est pas le moment de faiblir. Une bosse s'est formée à l'arrière de la tête de Louise, Pierre y passe sa main, qui se couvre soudainement de rouge. Il me regarde, désemparé. Je l'envoie à la cuisine récupérer des sacs-poubelle. J'essuie le pistolet avec le haut de mon jogging, le remets dans la poche du pardessus de Louise. Nous la descendons par l'ascenseur, la forçant à se maintenir debout, tandis que Pierre récupère dans mes poches les clés de ma voiture garée dans le parking. J'allonge Louise à l'arrière, sur les sacs-poubelle gris. Il reste à espérer qu'il n'y aura pas trop de monde aux urgences. Un superbe coucher de soleil nous accueille à la sortie du parking. Quelques jours nous séparent du grand départ. M. Cheng nous a trouvé une villa sur l'île d'Ischia, et nos nouvelles identités viennent d'arriver par porteur. Arrivés à l'hôpital Bichat, nous abandonnons Louise contre un mur, à moins de vingt mètres de l'entrée des urgences. Bientôt elle ne sera plus qu'un souvenir confus. Un maître chanteur sans preuves : nous aurons disparu. Dans la voiture, je retire mon bonnet, agite ma longue chevelure brune qui bientôt ne sera plus, radieuse, tandis que la nuit tombe doucement sur nous. Je demande à Pierre de jeter son portable du haut du pont des Arts, où nous nous sommes arrêtés un instant. Plus rien ne nous retient à Paris en dehors des dernières formalités à régler. Je ne partirai pas comme une voleuse, cette fois-ci. Je tiens à honorer tous ceux qui, d'une manière ou d'une autre, ont contribué à ma septième vie.

48

Je sais qu'il n'en fera rien

J'ai donné rendez-vous à Julian Leclerc au fond du *Café de la Mairie*. Je lui ai confié une lettre pour Ben, mon frère d'armes dont il sait presque tout. J'ai toujours pensé qu'il était un fin limier qui en savait bien plus sur moi que Pierre. Je n'ai jamais croisé la famille du détective, juste observé distraitement la photographie qu'il m'a montrée un jour avec le regard heureux d'un bon père de famille. Je n'entends rien à cette vie-là. Le fils m'a paru gauche et intimidé, la femme quelconque. J'ai glissé vers lui une enveloppe conséquente, lui annonçant que la police lui rendrait certainement visite. Julian m'a assuré de sa discrétion. Je l'avais engagé pour retrouver Ben, mission accomplie. Il m'a dit ne rien savoir de moi, ne lisant la presse qu'à la page des faits divers. Je lui ai assuré que je m'y trouverai bientôt, ce qui l'a fait sourire sans qu'il cherche à savoir pourquoi.

— Si j'osais, m'a-t-il dit d'une voix mal assurée, je vous demanderais pourquoi vous portez autant de bijoux à vos bras.

— Autrefois, j'ai volé dans la rue pour survivre. Depuis, je porte ces montres et ces bracelets pour ne pas oublier d'où je viens et ce que j'ai dû endurer pour en arriver là.

Je sais qu'il n'en fera rien. Je lui signale que j'ai fait procéder aussi à un virement sur son compte afin de ne pas le mettre dans l'embarras vis-à-vis de la loi. Comme j'ai aussi multiplié par sept le salaire annuel d'Alice et de Basile. Je vais les laisser gérer ma disparition en m'enfuyant alors qu'*Inheritance Share* sort dans quelques semaines sur les écrans français. La presse américaine, du *New York Times* au *Daily News*, de *Vogue* à *Vanity Fair*, a tenté d'interviewer la fille de Donald Sutherland. Même Jimmy Fallon du *Late Night* et Jay Leno de *The Tonight Show* ont appelé en personne afin d'obtenir une entrevue exclusive. J'ai dit à Alice que j'y réfléchissais sachant que toutes ces demandes sont au-delà du raisonnable, procurant par cette attente un mince espoir à mon assistante que je ne tiens pas à décevoir. J'en ai fini avec mon métier d'actrice. Le film est déjà un évènement aux États-Unis, ce sera probablement un succès en France. Je ne sais pas si Louise s'est réveillée à l'hôpital, ce qu'elle a pu dire ou non. Ni Pierre ni moi ne pouvons rester ici, il est plus que temps de nous envoler pour l'Italie sous nos nouvelles identités. Quel que soit l'avenir proche, il ne peut s'envisager à Paris. Nos valises sont prêtes, je laisse la rue de Furstemberg derrière moi sans un regret. Ma septième vie s'annonce sous des cieux plus radieux avec l'homme que j'aime. Rien d'autre ne semble avoir plus d'importance.

49

On se contente d'un présent furtif où tout doit rentrer

« Cher Ben,

Tu n'entendras plus parler de moi, je prends une nouvelle identité, encore une, diras-tu, mais il s'agit, je l'espère, de la dernière. Je fuis à l'étranger, peut-être un jour lointain auras-tu envie de me rendre visite avec Igor et vos enfants, mais j'en doute. Tes lettres m'ont bouleversée. Jamais je n'aurais imaginé laisser cette empreinte en toi. Je te dois d'aimer la vie, ce dont l'orphelinat nous aura privés toute notre enfance, et pour moi bien au-delà. J'ai été une enfant, puis une adolescente en colère, sans savoir pourquoi. Tout a été prétexte à me battre, à me défendre, principalement avec les hommes, que je n'ai guère tenus en estime. Tu fais exception, puisque j'ai toujours eu envie de te cajoler, de te protéger contre les aléas de la vie, du monde en général, et des Matuchet en particulier. Je sais bien que c'est moi qui ai causé leur mort, moi qui suis allée me renseigner auprès d'un garagiste suffisamment éloigné de Chambly pour qu'aucun soupçon ne surgisse après leur accident. Mais, pour que ce meurtre ait une valeur à tes yeux, je t'ai demandé de l'accomplir. Je suppose que tu m'en veux encore. Jamais le père Matuchet n'aurait pu être puni autrement, même si les langues se sont déliées depuis à Chambly, d'après ce que m'a dit le détective que j'ai engagé pour te retrouver. Les doyens du village se souviennent encore de ses colères, des bagarres qu'il provoquait au Vieux Bourgogne, de la violence qu'il se vantait d'exercer contre son épouse et son fils, un bon à rien, celui-là, expulsé d'un ventre qui n'était même pas celui de sa femme. Avec le temps, peut-être aurait-il péri d'une crise cardiaque ou d'un cancer du foie, tellement il buvait. Et elle, Monique, sa femme, lui aurait survécu, certainement murée dans le silence et ses mensonges. On n'attend pas quand on est adolescent, on n'envisage même pas l'avenir. On se contente d'un présent furtif où tout doit rentrer, une valise trop pleine qu'on peine sans cesse à fermer. Pourquoi l'épargner, elle, la mère Matuchet qui n'a rien dit quand sœur Clarence est apparue un jour sur le seuil de sa maison ? Qui s'est contentée d'écosser les haricots, la fenêtre de la cuisine fermée pour que l'on ne puisse pas entendre tes cris dans la grange ? Saboter leur auto n'a pas été facile, tu as dû t'y reprendre à plusieurs fois. Et quand leur voiture a quitté la route, nous n'étions pas loin, allongés dans les hautes herbes à regarder les nuages et à leur attribuer les formes d'une théière ou d'un pot de chambre. Nous étions prêts à fuir la ferme, il fallait juste nous assurer du silence des Matuchet. Je suppose que voir la voiture quitter la route pour s'encastrer dans un arbre avant de flamber comme un feu de joie nous a tranquillisés. Les vieux se tairaient à jamais, ne nous feraient plus souffrir, surtout toi. Mais sache que si je t'ai demandé de scier ce tuyau, ce n'était pas seulement pour ne pas avoir à le faire. J'espérais de toute mon âme que ta jolie langue toute rose y retrouverait ses mots et qu'ils s'envoleraient jusqu'au ciel comme un vol d'étourneaux.

Je sais que tu as aimé Pierre autant que moi, et que c'est au prix d'un effort surhumain que tu as réussi à lui dire « Je t'aime ». J'étais là, près de l'escalier, j'ai tout entendu, ce son provenant d'une caverne lointaine, surgi de ta bouche comme le feu d'un volcan. Jamais je n'aurais imaginé que nous nous attacherions autant au géant, toi et moi. Tu as dû me détester, peut-être même me haïr. J'étais si abasourdie de découvrir ton affection pour Pierre que je m'en suis voulu de l'aimer autant. J'aurais dû le partager, mais tu es parti avec Igor, me laissant seule, puisque Pierre avait rejoint Louise.

Si Madeleine ne m'avait pas prise sous son aile, j'aurais pu cesser de vivre. Quand je suis venue te voir sous le nom de Talia, j'ai senti ta distance, celle que l'on réserve à une parente que l'on ne souhaitait pas voir mais qui vient quand même vous rendre visite. Tu mérites d'être heureux loin de moi, puisque je m'en vais et ne compte pas revenir. Tu l'es certainement avec Igor et les petites Birmanes, puisque tu retournes toujours auprès d'eux. Je n'ai plus rien de la fillette qui t'effrayait, de l'adolescente qui t'a poussé au meurtre, de l'actrice que tu scrutes à travers ses films. Et si tu le fais, c'est bien que tu éprouves encore un sentiment que tu n'arrives pas à exprimer et qui t'envahit quand j'apparais, méconnaissable, à l'écran. Oublie-moi, sois heureux loin de mes nombreuses vies, et vis la tienne simplement en oubliant Chambly et nos années québécoises. Je t'ai toujours aimé, tu m'as montré ce qu'on était capable de donner de meilleur. Je t'aime encore. Sois heureux, mon petit frère d'armes.

Belle »

50

La liberté a un prix dont je me suis acquittée depuis longtemps

De notre chambre, j'aperçois le Château aragonais de l'île d'Ischia. Perché sur un rocher volcanique, ses fondations datent d'avant Jésus-Christ. J'y ai découvert, par hasard, le monastère de Sainte-Marie de la Consolation, érigé au XVIe siècle pour les filles nobles de l'île qui prononçaient leurs vœux comme clarisses. Il n'en reste aujourd'hui que la coupole et le putridarium, un lieu de sépulture temporaire où l'on asseyait les sœurs décédées sur des chaises percées, en pierre, jusqu'à ce qu'il ne reste de leur corps que les os, transférés ensuite dans l'ossuaire. J'aime ce lieu. Il me rappelle l'âpreté de l'orphelinat Sainte-Croix, le ballet incessant de ces vieilles religieuses qui s'évanouissaient un jour, pareilles à ces bougies qu'elles nous apprenaient à moucher entre nos doigts. Je n'avais aucune notion de la mort, en dehors de la mienne qui me consumerait de l'intérieur si je restais à l'orphelinat. J'ai toujours su que mes attaques de panique étaient liées à ça, ce spectre que je redoute avant tout. Y penser me glace le sang. Imaginer un seul instant que j'ai vécu toutes ces vies pour une seule mort me pétrifie.

Les règles, les ordres, les prières à toute heure de la journée ne semblaient pas faites pour moi. Si mes colères m'ont valu d'être régulièrement enfermée dans un cachot, je pensais qu'en ne cédant pas aux injonctions des sœurs, je finirais par gagner. C'est bien ce qu'il s'est passé. J'en ai fait une ligne de conduite, ne jamais abdiquer. Nul être ne devait être capable de me soumettre à ses règles, à ses ordres, à ses prières. Il est trop tard pour avoir des enfants, de toute façon je n'en ai jamais désiré. J'ignore ce qu'aurait été la vie de Paradis enceinte, certainement désastreuse. Jamais le père Matuchet n'a levé la main sur moi. Je l'aurais éventré avec la fourche, sans hésiter. Pas un homme n'a tenté de me posséder, ou alors il l'a regretté. La liberté a un prix dont je me suis acquittée depuis longtemps. Si j'ai raffolé du rôle de Belle Kaplan, je ne déprécie pas pour autant ceux qui l'ont précédé. Ils correspondent tous à un moment de mon existence. Je ne regrette pas d'avoir délaissé l'actrice dans l'effervescence d'*Inheritance Share*. Pierre, que j'ai du mal à appeler Antoine, a lu quelques journaux français dans ce café bleu, à une centaine de mètres de la villa. Il paraît que ma disparition et la sortie du film quasi simultanées ont détrôné en deux semaines les plus gros succès étrangers, rarement égalés jusqu'ici. Certains journalistes prétendent que mon absence est un coup de génie, une opération de marketing à l'américaine. Ce que m'en a dit Pierre me suffit. J'en ai fini avec le cinéma. Et probablement avec toutes les femmes que j'ai réunies en Roxanne, un prénom d'origine persane qui signifie « l'aube ». Cet éternel recommencement me convient parfaitement.

Pierre est un compagnon merveilleux que je n'ai nullement l'intention d'épouser. Je le regarde souvent dormir. Je l'aime tel qu'il est, avec ses rides et ses mèches blanches. Les hommes dans leur sommeil ont une fragilité déconcertante. Leurs lèvres balbutient en un souffle bref, ils s'agitent en gémissant, ils se retournent sur le dos en ronflant. Au nord du golfe de Naples, la vie est douce. Nous prenons souvent le bateau pour sillonner la haute mer d'une île à l'autre. La couleur changeante de l'eau, la profondeur des flots tyrrhéniens suspendent le temps. Nous y buvons d'excellents vins, grappillons des oranges, olives et burrinos[1], tout en découvrant des pinèdes

1. Fromages italiens.

odorantes pour pique-niquer en amoureux. Pierre s'évade régulièrement toute une journée et profite de sa nouvelle existence. J'en fais autant, parcourant l'île à vélo ou à pied. Maintenant que j'ai Pierre tout à moi, je suis heureuse, amoureuse, j'ai perdu le goût de m'enfuir. Ici, je ne reçois aucun courrier ni coup de fil. Alice n'est plus là pour me procurer des téléphones jetables. De toute façon, je n'aurais personne à appeler. À part Julian Leclerc, par qui j'ai appris que Louise avait perdu la mémoire, ignorant tout de ce nouveau monde. Quant à Ben, il a retrouvé la parole juste après avoir lu ma lettre. J'en suis soulagée. Je ne tiens pas à mesurer le temps qu'il me reste, le présent me suffit amplement. J'ai jeté à la mer, du haut du mont Époméo, le point culminant de l'île, toute ma collection de gants. Jadis, les jeunes de Serrara Fontana y passaient la nuit du 15 août, après les foins. Nous sommes justement à la moitié du mois. Une fois la lave blanche répandue au pied d'un volcan éteint depuis le XIVe siècle, je me suis avancée près du vide, me débarrassant de toutes mes protections. Qu'en ferais-je ici, où seul Pierre me regarde vraiment ? Il sait tout de moi, je n'ai plus rien à lui cacher. Lui seul sait que j'ai l'âge de Sharon Stone. Tout le reste n'est qu'artifice.

51

J'ai dû me contrôler quand elle s'est assise en face de moi

Extrait du journal de Julian.

« Personne ne m'accusera de trahir mes clients. Certainement pas ma femme ni mon fils, puisqu'ils n'existent pas. J'ai bien senti le peu d'intérêt qu'éprouvait Belle Kaplan à la vue de cette photographie glanée sur Internet. Je n'ai rien contre l'actrice, mais la femme, elle, me fascine complètement. C'est sans doute lié à mes origines, puisque je viens d'un orphelinat dans le canton de Fribourg, situé dans les murs de l'ancien château de Montet. J'y suis retourné récemment, même s'il n'y a rien à se rappeler de cette enfance-là, passée sous la férule des salvatoriens qui ont exercé leur autorité en ce lieu sacré. Aucune rébellion n'était admise, sous peine d'être exclu vers des foyers insalubres où plus d'un de mes camarades a péri. J'en ai conçu une certaine haine envers l'espèce humaine. Je suis devenu un voleur sans ambition, jusqu'à ce que je rencontre ce flic qui a changé ma vie. Non seulement il ne m'a pas arrêté, mais il m'a offert une chambre et de quoi me vêtir décemment. Tout dans son attitude était paternel. Il venait de perdre son fils, fauché par un camion sur le bord d'une route. Il m'a appris son métier et m'a recommandé. Je suis devenu gendarme à la police cantonale de Fribourg, puis, après quelques années, j'ai intégré la police judiciaire, avant de me mettre à mon compte.

Je n'ai pas grand-chose à dire sur mon métier. J'ai contribué à de nombreuses arrestations sans y trouver de réelle satisfaction. Je m'imaginais à la place du meurtrier, du cambrioleur ou du voleur que j'aurais pu devenir. J'avais une vie simple, je ne fréquentais personne. Je ne pensais qu'à résoudre les affaires qu'on me confiait. C'est par un garde du corps que j'ai connu Belle Kaplan. Elle cherchait un bon enquêteur, discret et bosseur. Je n'ai jamais vu une femme aussi belle. J'ai dû me contrôler quand elle s'est assise en face de moi. J'ai tout de suite senti que j'avais affaire à une coriace, le genre bien élevé qui donne des ordres et sort son chéquier sans attendre l'accord de l'autre. Je n'ai jamais vraiment bien gagné ma vie, j'aurais eu tort de m'en priver. Rechercher son frère n'a pas été une mince affaire, mais j'avais les moyens de me démener, de Miami à New York. Celle qui fut sa femme, Lupita, m'a parlé d'un orphelinat, à Montréal. Logan, un de mes anciens collègues, s'y est installé depuis une dizaine d'années. Je lui ai envoyé des clichés de Ben et Belle. À partir d'une photographie, une appli permet de reconstituer un visage d'enfant. Logan a d'excellentes aptitudes de graphologue et de physionomiste. Grâce à lui, j'ai pu remonter à l'orphelinat Sainte-Croix de Montréal et au manoir d'Outremont, discuter avec la police locale de Talia Thomas, troublé par les similitudes avec Belle Kaplan. Je suis allé à Chambly où j'ai glané quelques informations. Je crois que l'idée d'un livre m'a semblé évidente après que j'ai pu rencontrer quelques belles-de-jour mariées à des magistrats ou des hommes d'affaires, acceptant de se confier sous couvert de l'anonymat. Pas une d'entre elles n'avait apprécié Talia, sa froideur, son port de tête altier, le peu de considération qu'elle leur témoignait. « Une vraie garce », m'avait dit l'une d'entre elles. La fuite de Belle Kaplan a été une traînée de poudre qui a mis le feu dans les rédactions. J'ai été repéré par un serveur du *Café de la Mairie* qui m'a dénoncé à *Fatale*, à qui j'ai refusé de dire quoi que ce soit. À ce stade, l'argent n'était plus un problème, j'avais de quoi m'arrêter avec les sommes indécentes que m'avait versées Belle. Je ne suis pas du genre à me taire, plus coriace et détaché que l'actrice. Je n'ai eu que l'embarras du choix pour trouver un éditeur. Et quand il a lu mon manuscrit, la mise en place a été multipliée par dix. Tous les orphelins ne sont pas solidaires. Je vais pouvoir vivre un peu comme Belle Kaplan, dans des lieux que je n'aurais jamais osé imaginer autrefois. J'en ai assez de faire ce métier. J'ai même repéré sur Internet une île en Italie qui me tente assez, Ischia. Les paysages que j'ai pu admirer sur la vidéo vont me changer de mes habitudes de vieux solitaire. J'ai hâte d'y être.

Au générique

<u>À Paris</u>
Belle Kaplan, actrice aux multiples identités
Basile Delorme, agent de Belle Kaplan
Alice de Banville, assistante de Belle Kaplan
Julian Leclerc, détective privé engagé par Belle Kaplan pour retrouver Ben
Régis Durand, machiniste, amant de Belle Kaplan
Louis Modesto, ancien intendant de Madeleine Moreau, entremetteuse
Chloé, une voisine de Louis Modesto
Chaïm Haddad, producteur

<u>À Miami et dans les îles Keys</u>
Ben Turner, frère de Belle Kaplan
Igor Turner, mari de Ben
Honey, Su et Cong, enfants adoptés de Ben et Igor
Ethan Anderson, propriétaire d'hôtels et d'îles aux Keys

Les 7 vies de Mlle Belle Kaplan

Dans une île des Cyclades
Helena, amante de Belle Kaplan

À San Francisco
Devon Moore, magnat du *timeshare*
Clint Eastwood, dans son propre rôle

À New York
Lupita, épouse de Ben Turner
Austin Taylor, industriel

À Taïwan
Liang, adepte du *dim mak*

Au générique

À Montréal

Sœur Clarence, à l'orphelinat Sainte-Croix de Montréal

Mère Catherine, à l'orphelinat Sainte-Croix de Montréal

Pierre Lepage, grand amour de Belle Kaplan, voleur virtuose

Louise Nadeau, épouse de Pierre Lepage

Madeleine Moreau, entremetteuse

Raymond et Monique Matuchet, parents adoptifs de Paradis, *alias* Belle Kaplan, et de Ben Logan, détective privé

M. Cheng, revendeur de bijoux

À Los Angeles

Nicole Kidman, dans son propre rôle

Joaquin Phoenix, dans son propre rôle

Sarah Paulson, dans son propre rôle

Les 7 vies de Mlle Belle Kaplan

Donald Sutherland, dans son propre rôle
Ryan Miller, dans son propre rôle
Hayden, chauffeur de Belle Kaplan
Ava, journaliste à *Fatale*

Pour en savoir plus
sur les Éditions Plon
(catalogue, auteurs, vidéos, actualités…),
vous pouvez consulter
www.plon.fr
www.lisez.com

et nous suivre sur les réseaux sociaux

Éditions Plon
@EditionsPlon
@editionsplon

#lisez! engagé
www.lisez.com
Pour plus d'information :
Imprimé sur du papier issu de forêts gérées durablement.

CET OUVRAGE A ÉTÉ ACHEVÉ D'IMPRIMER SUR ROTO-PAGE
PAR L'IMPRIMERIE FLOCH À MAYENNE EN AOÛT 2023

N° d'impression : 103075
N° d'édition : P31696/01
Imprimé en France